中国科技教育
China Science &
Technology Education

联 合 出 品

少年科学阅读丛书

CHUANGUO DIPINGXIAN

穿过地平线

李四光 著

SPM
南方传媒

广东人民出版社

·广州·

图书在版编目（CIP）数据

穿过地平线 / 李四光著. —广州：广东人民出版社，
2023.6
（少年科学阅读丛书）
ISBN 978-7-218-15573-9

Ⅰ.①穿…　Ⅱ.①李…　Ⅲ.①随笔—作品集—中国—
当代　Ⅳ.① I267.1

中国版本图书馆 CIP 数据核字（2021）第 263254 号

CHUANGUO DIPINGXIAN

穿过地平线

李四光　著

出 版 人：肖风华

总 策 划：徐雁龙
责任编辑：李力夫
责任技编：吴彦斌　周星奎
装帧设计：京京工作室

出版发行：广东人民出版社
地　　址：广东省广州市越秀区大沙头四马路 10 号（邮政编码：510199）
电　　话：（020）85716809（总编室）
传　　真：（020）83289585
网　　址：http://www.gdpph.com
印　　刷：三河市中晟雅豪印务有限公司
开　　本：880mm×1230mm　1/32
印　　张：5.5　字　数：95 千
版　　次：2023 年 6 月第 1 版
印　　次：2023 年 6 月第 1 次印刷
定　　价：36.00 元

如发现印装质量问题，影响阅读，请与出版社（020-85716849）联系调换。
售书热线：（020）87716172

"大师科普经典文库"总序

欲厦之高，必牢其根本。一个国家，如果全民科学素质不高，不可能成为一个科技强国。提高我国全民科学素质，特别是青少年一代的科学素养，是实现中华民族伟大复兴的客观需要，而做到这一点，科普工作的意义自不待言。

科普工作的目标就是要大众化，要有更多的人重视这件事、参与这件事，它是带有全局性的，他的广泛性和深入性是其他工作无法比拟的。

科学精神、科学文化、科学氛围被社会广泛认同，迫切需要科普发挥作用。科普是软实力，对提升全民科学素质、建设世界科技强国都非常重要。

对于青少年来说，我们要从培养兴趣和习惯入手。兴趣看似只停留于表面，实则是开启孩子大脑创新力、走好培养科学精神的第一步。

好的科普作品，对于青少年读者科学精神和科学思想的培养和教育，是大有裨益的。科学知识如浩瀚之海洋。海洋巨大，并非无源之水。它是由无数涓涓细流汇集成小溪小河，再汇集成大江大河，最后奔腾入海。一部好的科普作品就像一个好的导游，和读者一起沿着江河，溯源而上，进行一番探索旅行，引导读者去探求知识的源头，引导读者打开科学的大门。

"大师科普经典文库"系列，兼顾历史与当代名著，注重科学精神和科学思想的培养。精选的作品，既有在我国科技发展史上起到重要作用的科普名著，也有在国际上有较大影响、屡获殊荣的大师经典。

编辑出版这套系列丛书的目的，首先是向青少年读者提供一套展示百年来科学技术重要发展历程，且深入浅出、通俗易懂的科普精品，激发青少年对科学技术的兴趣；再者，是把分散出版的、淹没在书海中的零星科普名著集中起来，统一规格，以发挥其整体效应。

希望"大师科普经典文库"系列，能为青少年读者提供更好的阅读体验和更多的知识收获，也希望这套书能够帮助更多青少年读者迈进科学的大门。

中国科学院院士

中国科学院地质与地球研究所研究员

目 录 Contents

引　言

　　科学与人文是人类文明的两个支柱。科学的目的在于探索和认识自然界中各种事物的内在规律，帮助人类更好地认识自然、改造自然；而人文的目标则是探索和展现人类的心灵，让人类的精神世界更加开阔，心灵世界更加充实。科学与人文两者皆不可偏废。所以，很多优秀的科普读物都是兼具科学精神和人文思想的，这本《穿过地平线》便可看作其中一个杰出的代表。

　　这本书的作者是我国著名的科学家、地质科学奠基人之一的李四光先生。李四光先生毕生致力于地质科学，是国际著名地质学家，为地质学的进步和发展做出了杰出的贡献。他创立地质力学理论，撰写《中国地质学》，系统研究微体古生物蟆科化石，以及发现中国第四纪冰川，诸多重大理论创新和科学发现，都堪称学术经典，永载史册。作为我国地质工作的主要开拓者，他以国家需求为导向，部署开展全国矿产普查，为推进我国工业化进程、为祖国的建设事业立下了不朽的功勋。

　　他运用地质力学理论指导全国石油地质普查工作，对大庆、胜利等油田的发现做出了重大贡献，从而摘掉了中国"贫油国"的帽子。他是我国较早关注原子能利用问题的科学家，还亲自组织了铀矿的勘探工作，为我国原子弹的研制及核工业的发展做出了突出贡献。晚年他在地震地质和开发地热资源等领域做出了卓有成就的研究。

和很多伟大的科学家一样，李四光先生在繁忙的工作之余，也积极投身于向公众普及科学知识的工作中，为我们留下了许多传诵广泛的名篇，至今仍有着生命力，真正显示出名篇的魅力。

李四光先生的科学随笔与科普作品，讲科学而发议论，与某些一味介绍科学知识而不见思想的科普著作有显著不同。这些作品中，很少见到一般学术文章的枯燥语言和死板定义，但遣词造句却甚严谨。如他在《中国地势浅说》一文中提出："不怀疑不能见真理。所以我很希望大家都取一种怀疑的态度，不要为已成的学说压倒。"这至今仍可作为治学之警句。阅读这些文章，既是科学享受，又是文学欣赏。我们在学到丰富的科学知识、求真的科学精神和创新的科学方法的同时，亦能受教于其言简意赅的表达能力。

本书从他众多的著作中精选了二十四篇，这些文章彼此独立成篇，又相互联系，读来颇有趣味，激发读者的求知欲望。例如，《地球年龄"官司"》《天文学地球年龄的说法》《天文理论说地球年龄》《地质事实说地球年龄》《地球热的历史说地球年龄》从不同学科对地球年龄问题进行了探讨;《地壳》《地热》《地壳的观念》《大地构造与石油沉积》又从不同角度对地球内部的构造问题进行了探讨;《看看我们的地球》《从地球看宇宙》更从宏观上对地球与宇宙的关系问题进行了探讨。阅读这些文章,能够让我们了解地质科学的一些有趣的知识,了解地球的地质构造,扩展我们的知识边界。

同时,本书中还收录了其他一些十分有趣的文章,比如在《风水之另一解释》这篇演讲中,李四光对人们迷信"风水"这一人文社会现象,投以科学一瞥,从自然环境对人生的关系角度考察"风水"。他指出:"近年来科学的范围渐渐扩充。什么黑暗的地方,我们也要用科学的光来照它一照。"接着,他对"风水"重新加以解说,并与从前风水师关于风水的种种迷信活动和神秘说法加以区别。他将人类所处的环境概略地分为:人与物的关系——自然环境;人与人的关系——社会环境,并具体分析了自然环境对于人生的种种影响。可谓独辟蹊径,他在阐明科学命题之后,用精辟的语言揭示问题的真谛,至今让人读来受益匪浅。

编者在编辑本书的过程中,阅读了大量李四光先生的论著,深刻感受到李四光先生作为一位科学巨匠的同时,又是一位语言大师。他的文学修养和语言表达能力，加强了他科学观点的思想内涵，提高了科学创见的感召力。编者觉得这特别值得广大青少年在写作中借鉴，编者曾多年从事教育工作，在审阅一些学生的作文时，常常看见词不达意、语句不通，甚至错别字满篇的现象，至于文章结构松散、逻辑不严者更是为数甚多，这很大程度上源于其缺乏科学文章的阅读，思辨性较弱。而细读这本文集，能让青少年读者在潜移默化中学到很多。

最后需要说明的是：本书收录的文章创作于各个年代，为了最大程度地呈现作者的创作原貌，我们在编校时，保留了原稿的语言叙述风格，书中涉及的少量数据及地质学、天文学等专业知识，尽管有些已与现行的科学数据、专业知识不尽相同，对此我们也保持了原貌，未做更改，并在一些重要的知识点下面做了一些注释，以供读者参照比对当今科学的跨越发展、技术的日新月异。

总体来说，这本《穿过地平线》对于广大青少年不失为一部相当有趣的、读来感到耳目一新的科普好书。我们衷心希望这本书的读者，能喜欢这本书。

穿过地平线

轻松
导读

地球年龄有多大呢？关于这个问题，古今中外的人们各抒己见，莫衷一是。中古以后，随着学术的萌芽，那些荒谬的传说日渐失却信用。从十八世纪中叶到十九世纪初期，地质学、生物学与其他自然科学统一步调，向前猛进。那么，关于地球年龄问题，引起了哪些学科人群的研究？把生物进化论公布于世的英国学者又有哪些？我们从本节内容里面寻找答案吧！

地球年龄"官司"[①]

地球的年龄，并不是一个新颖的问题。在那上古的时代早已有人提及了。例如，那加尔底亚人（Chaldeans，即迦勒底人，是古代生活在两河流域的居民）的天文家，不知用了什么方法，算出世界的年龄为21.5万岁。波斯的琐罗亚斯德（Zoroaster）一派的学者说世界的存在，只限于1.2万年。中国

[①] 1921年9月23日至10月10日，李四光应北京美术学校之邀，先后做了15次学术演讲。演讲全文原载《北京大学月刊》，1929年由商务印书馆作为《百科小丛书》系列之一出版，原书名为《地球的年龄》。本书此文为原书"绪言"的节选。

俗传世界有12万年的寿命。这些数目当然没有什么意义。古代的学者因为不明自然的历史，都陷于一个极大的误解，那就是他们把人类的历史、生物的历史、地球的历史，乃至宇宙的历史，当作一件事看待。意谓人类未出现以前，就无所谓宇宙，无所谓世界。

中古以后，学术渐渐萌芽，荒诞无稽的传说，渐渐失却信用。然而西元（即公元）1650年时，竟有一位有名的英国主教詹姆斯·乌雪（James Ussher），曾大书特书，说世界是西元前4004年造的！这并不足为奇，恐怕在科学昌明的今日，世界上还有许多人相信上帝只费了6天的工夫，就造出了我们的世界。从18世纪的中叶到19世纪的初期，地质学、生物学与其他自然科学统一步调，向前猛进。德国出了伟尔纳（Werner），英国出了哈同（Hutton，即赫顿），法国出了蒲丰（Buffon）、陆谟克（Lamarck，即拉马克）以及其他著名的学者。他们关于自然的历史，虽各怀己见，争论激烈，然而在学术上都有永垂不朽的贡献。俟后英国的生物学家达尔文（Charles Darwin）、华勒斯（Alfred Russel Wallace，即华莱士）、赫胥黎（Huxley）诸氏，再将生物进化的学说公之于世。于是一般的思想家才相信人类未出现以前，已经有了世界。那无人的世界，又可据生物递变的情形，分为若干时代，每一时代大都有陆沉海涵的遗痕，然则地球历史之长，可想而知。至此，地球年龄的问题，始得以正式成立。

就理论上说，地球的年龄，应该是地质学家劈头的一个大问题，然而事实不然，哈同以后，地质家的活动，大半都限于局部的研究。他们对于一层岩石、一块化石的考察，不厌精详；而对过去年代的计算，都淡焉漠焉视之，一若那种的讨论，非分内之事。实则地质家并非抛弃了那个问题，只因材料尚未充足，不愿多说闲话。待到克尔文（Lord Kelvin，即开尔文）关于地球的年龄发表意见的时候，地质家方面始有一部分人觉得克氏所定的年龄过短，他的立论，也未免过于专断。这位物理家不独不顾地质学上的事实，反而嘲笑他们。克氏说："地质家看太阳，如同蔷薇看养花的老头儿似的。蔷薇说道，养我们的那一位老头儿必定是很老的一位先生，因为在我们蔷薇记忆之中，他总是那样子。"

物理学家既是这样地挑战，自然弄得地质家到忍无可忍的地步，于是地质学家方面，就有人起来同他们讲道理。

所以地球年龄的问题，现在成了天文、物理、地质三家公共的问题。

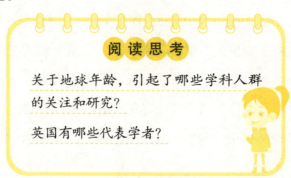

阅读思考

关于地球年龄，引起了哪些学科人群的关注和研究？

英国有哪些代表学者？

轻松导读

康德认为，潮汐的摩擦力能使地球的旋转速率下降。汤姆孙认为，地球的内部比钢还要坚硬。天文学家达尔文·佐治认为，按力学原则，地月系全体的旋转能力应该不变，若地球的旋转能减少，月球在它的轨道上的旋转能应该增大，从月球到地球的距离会增加，那么据此推测出越到古代，月球离地球越近。推其极端，应有一个时候，月球与地球几乎相接。

天文学地球年龄的说法①

1749年，丹索（Dunthorne，即理查德·邓索恩）依据比较古今日蚀时期的结果，倡言现今地球的旋转，较古代为慢。其后百余年，亚当斯（Adams）对于这件事又详加考究，并算出每100年地球的旋转迟22秒，但亚氏曾申明他所用的计算的根据，不是十分可靠。康德在他宇宙哲学论中曾说到潮汐的摩擦力能使地球永远减其旋转的速率，一直到汤姆孙（J.

---

① 本文原为《地球的年龄》一书的第二部分《纯粹根据天文的学说求地球的年龄》，删去了图表。

J. Thomson）的时代，他又把这个问题提起来了。汤氏用种种方法证明地球的内部比钢还要硬。他又从热学上着想，假定地球原来是一团热汁，自从冷却结壳以后，它的形状未曾变更。如若我们承认这个假定，那是由地球现在的形状，不难推测当初凝结之时它能保平衡的旋转速率。至若地球的扁度，可用种种方法测出。旋转速率减少之率，也可由历史上或用别的方法求出。假若减少之率通古今不变，那么，从它初结壳到今天的年龄，不难求出。据汤氏这样计算的结果，他说地球的年龄顶多不过10亿年。但是他又说如若比1亿年还多，地球在赤道的凸度比现在的凸度应该还要大，而两极应较现在的两极还要平。汤氏这一回计算中所用的假定可算不少。头一件，他说地球的中央比钢还硬些。我们从天体力学上着想，倒是与他的意见大致不差；但从地震学方面得来的消息，不能与此一致。况且地球自结壳以后，其形状有无变更，其旋转究竟是怎样的变更，我们无法确定。汤氏所用的假定，既有些可疑的地方，他所得的结果，当然是可疑的。

达尔文·佐治（Geo. Darwin，即乔治·达尔文，天文学家，他是生物学家达尔文的次子）从地月系的运转与潮汐的关系上，演绎出一种极有趣的学说，大致如下所述：地球受了潮汐的影响，渐渐减少旋转能，是我们都知道的。按力学的原则，这个地月系全体的旋转能应该不变，今地球的旋转能既减少，所以月球在它的轨道上旋转能应该增大，那就是由月球到地球的距离非增加不可。这样看来，越到古代，月球离地球越近。推其极端，应有一个时候，月球与地球几乎相接，那时的地球或者是一团黏性的液质，全体受潮汐的影响当然更大。据达氏的意见，地球原来是液质，当然受太阳的影响而生潮汐。有一时这团液质自己摆动的时期，恰与日潮的时期相同，于是因同摆的现象，摆幅大为增加，一部分的液质就凸出了很远，卒致脱离原来的那一团液质，成了它的卫星，这就是月球。当月球初脱离地球的时候，这个地月系的运转比现在快多了，那时1月与1日相等，而1日不过约与现在的3点钟相当。从日月分离以来，每月每日的时间都渐渐变长了。

近来辰柏林（T. C. Chamberlin，即托马斯·钱伯林，美国地质学家）等，考究因潮汐的摩擦使地球旋转的问题，颇为精密。他们曾证明大约每50万年1天延长1分。这个数目与达氏所算出来的数目相差太远了。达氏主张的潮汐与地月转运学说，虽不完全，他所标出来地球各期的年龄，虽不可靠，然而以他那样的苦心积虑，用他那样数学的聪明才力，发挥成文，真是堂堂皇皇，在科学上永久有他的价值存在。

轻松导读

地球自西向东自转，转一周，就是一天。地球自转的同时又绕着太阳公转，转一周是一年。天文学家企图用地球上的各个冰期距现在的时间来推论地球的年龄。在最近的地质时代，地球上很冷。冰川冰海，到处流溢。北欧、北美和南半球，冰雪漫天。通过阅读本节内容，我们能区分出秋分和春分，也能知道在第四冰期初期，地球上都有哪些大的冰川流徙。

天文理论说地球年龄①

在讨论这个方法以前，我们应知道几个天文学上的名词。

地球顺着一定的方向，从西到东，每日自转一次，它这样旋转所依的轴，名曰地轴。地轴的两端，名曰南北极。今设想一平面，与地轴成直角，又经过地球的中心，这个平面与地面交切成圆形，名曰赤道；与"天球"交切所成的圆，名曰天球赤道。天球赤道与地球赤道既同在这一个平面上，所以那个平

---

① 此文为《地球的年龄》一书的第三章《根据天文学上的理论及地质学上的事实求地球的年龄》的前半部分的节选。

面统名曰赤道平面。地球一年绕日一周，他的轨道略呈椭圆形。太阳在这椭圆的长轴上，但不在它的中央。长轴被太阳分为长短不等的两段，长段与地球的轨道的交点名曰远日点，短段与地球轨道的交点名曰近日点。太阳每年穿过赤道平面两次。由赤道平面以北到赤道平面以南，它非经过赤道平面不可，那个时候，名曰秋分。由赤道平面以南到赤道平面以北，又非经过赤道平面不可，那个时候，名曰春分。当春分的时候，由地球中心经过太阳的中心做一直线向空中延长，与天球相交的一点，名曰白羊宫（Aries）的起点。昔日这一点在白羊宫星宿里，现在在双鱼宫（Pisces）星宿里，所以每年春分秋分时，地球在它轨道上的位置稍稍不同。逐年白羊宫的起点的迁移，名曰春秋的推移（Precession of the equinoxes，也称岁差）。在西元前134年，喜帕卡斯（Hipparchus，即希帕克，古希腊天文学家）已经发现这件事实。牛顿证明春秋之所以推移，是地球绕着斜轴旋转的结果，我们也可说是日月及行星推移的结果。春分、秋分既然渐渐推移，地轴当然是随之迁向，所以北极星的职守，不是万世一系的。现在充这个北极星的是小熊星（Ursae Minoris），它并不在地轴的延长线上。

拉普拉斯（Laplace，法国数学家、物理学家）曾确定一件事实，那就是地球受其他行星的牵扰，其轨道的扁度按期略行增减，有时较扁，有时与圆形相去不远。但是据刻卜勒（Kepler，即开普勒，德国天文学家、物理学家、数学家）的定律，行星的周期，与它们轨道的长轴相关密切，二者之中，如有一项变更，其余·项，不能不变。又据兰格伦日（Lagrange，即拉格朗日，法国数学家、物理学家）的学说，行星的牵扰，绝不能永久使地球轨道的长轴变更，所以地球的轨道，即令变更，其变更之量必小，而其每年运行所要的时间，概而言之，可谓不变。

圣维南（Adhemar，法国力学家）首创地球轨道的扁度变更与地上气候有关之说。勒未累（Leverrier，即勒威耶，法国天文学家）又表示如何用数学的方法，可求出过去或将来数百万年内，任何时候地球轨道的扁率。其后克洛尔（James Croll，即詹姆斯·克罗尔，英国天文气候学家）发挥这个学说甚详，并用勒氏所立的公式，算出过去300万年内地球轨道的扁度最大及最小的时期。

一直到现在，我们说的都是天上的话，这些话在地上果然应验了吗？地球的过去时代果然有冰期循环迭现吗？如若地质时代果然有若干个冰期，那么，我们也可用这种天文学上的理论来定地球各冰期到现今的年代，这件事我们不能不问地质家。

天文家的话，好像是应验了。地质家曾在世界上各处发现昔日冰川移动的遗痕。遗痕最显著的就是冰川之旁、冰川之底、冰川之前，往往有乱石泥土，或呈长堤形，或散漫而无定形。石块之中，往往有极大极重的，来自数千百里之遥，寻常河流的力量，绝不能运送那样大的石块到那样远的地方。又由冰川运送的石块，常有一面极平滑，而其余各面，则棱角峭砺，平滑的一面，又常有摩擦的痕迹。冰川经过的地方，若犹未十分受侵蚀剥削，另有一种风景。比方较高的山岭，每分两部，上部嵯峨，而下部则极形圆滑。谷每呈"U"字形。间或有丘墟罗列，多带圆长的形状。而露岩石的地方，又往往有摩擦的痕迹。诸如此类的现象，不一而足，这是专门地质家的事，我们现在不用管它。

在最近的地质时代，那就是第四期①的初期，也可说是初有人不久的时候，地球上的气候很冷。冰川冰海，到处流溢。当最冷的时候，北欧全体，都在一片琉璃之下，浩荡数千万里，南到阿尔卑斯、高加索一带，中连中亚诸山脉，都是积雪皑皑，气象凛冽。而在北美方面，亦有浩大的冰川流徙：一支由腊布剌多（Labrador，即拉布拉多高原，位于北美洲东部）沿大西洋岸南进；一支由岐瓦廷（Keewatin，即基韦廷，位于北美洲北部）地方，向哈得孙（Hudson）湾流注；一支由科的勒拉斯（Cordilleras，即科迪勒拉山系，纵贯南北美洲大陆西部）沿太平洋岸进行。同时南半球也是一个冰雪漫天的世界，至今南澳、新西兰、安第斯（Andes）山脉以及智利等地，都有遗迹。甚至热带地方，如非洲中部有名的高峰乞力马扎罗（Kilimanjaro）的雪线，在第四期的初期，也是要比现在低

---

① 第四期即为现时说的第四纪。

5000多英尺（1英尺约合30.48厘米）。

由第四期再往古代找去，没有发现冰川的遗痕。一直到古生世代的后期，那就是石炭纪的中叶（Permo-Carbonifero），在澳洲、印度、非洲、南美都有冰川流行的事。再往古代找去，又有许多很长的地质时代，未曾留下冰川的遗迹。到了第四期的初期，在中国长江中部、挪威、加拿大、澳洲等地，又有冰川现象发生。过此以往，地层上所载的地球的历史，到处都是极形模糊，我们再没有得着确实的冰川流行的遗迹。

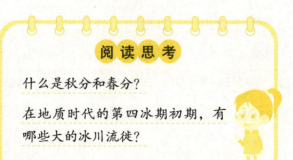

阅读思考

什么是秋分和春分？

在地质时代的第四冰期初期，有哪些大的冰川流徙？

轻松导读

　　瑞典地质学家德基耳欲寻求最近冰期距今的年限。他从瑞典南部的斯堪尼亚海岸数起，数了三点五万层泥，属于冰期的末造。地质学家发现，冰头往北方退缩的速度，前后仿佛不一致，越到北方，有退缩越急的情形。那么本节会讲到，冰头北移过程中，为什么会形成一层层粗细相间的停积物呢？地上的气候，与哪些因素有密切关系？等等。

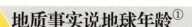

地质事实说地球年龄①

　　地质家求最近冰期距现今的年限，共有几种方法。这几种方法之中，似乎以德基耳（De Geer，即杰拉德·德·吉尔，瑞典地质学家）所用的为最精密而且最有趣味。在第四期的初期，挪威与瑞典全土，连波罗的海一带，都是埋在冰里，前已说过。后来北半球的气候渐渐温和，那个大冰块的南头，逐年往北方退缩。当其退缩的时候，每年留下纪念品，所谓纪念品，

① 本文为《地球的年龄》一书第三章的后半部分的节选，题目为编者所加。

就是粗细相间的停积物。

当春夏的时候，冰头渐渐融解。其中所含的泥土砂砾，随着冰释而成的水向海里流去。粗的质料，比如砂砾，一到海边就会沉下。而较细的质料，悬在水中较久，春夏流水搅动的时候，至少有一部分极细的泥土不能沉淀。到秋冬的时候，冰头冻了，水流止了，自然没有泥土砂砾流到海里来。于是乎水中所含的极细的泥土，也可渐渐沉下，造成一层极纯净的泥，覆于春夏时所停积的砂砾之上。到明年交春，冰又渐渐融解，海边停积的情形又如去年。所以每一年停积一层较粗的东西和一层较细的东西。年复一年，冰头渐往北方退缩；这样粗细相间的停积物，也随着冰头，渐向北方退缩，层上一层，好像屋上的瓦似的。

德氏用了许多苦功，从瑞典南部的斯坎尼亚（Scania）海岸数起，数了3.5万层泥，属于冰期的末造。由冰期以后，一直到今日，约计有7000层的停积。然则由冰头退抵斯坎尼亚到今天，一共经过了1.2万年。斯坎尼亚以南的停积，为波罗的海所掩盖，德氏的方法，不能适用。再南到德国的境界，这个方法也未曾试过。冰头往北方退缩的迟速，前后仿佛不是一致，越到北方，有退缩越急的情形。比如在瑞典首都斯德哥尔摩（Stockholm），退缩的速度，比在斯坎尼亚已经快了5倍。按这样推想，冰头在斯坎尼亚以南的时候，比在斯坎尼亚应还要慢些，所以要退出与在斯坎尼亚相等的距离，恐怕差不多要2500年。著名的地质家索拉斯（Sollas），以这种议论为根据，暂定由最后的冰势最盛时代，到它退到瑞典南岸所费的年限为5000年，然则由最后冰期中，冰势的全盛时代到现在，在1.5万年以上，实数大约在1.7万年。在澳洲南部，地质家用其他方法，求出当地自从最后冰期到现在所历的年数，也是1.5万—2.0万年之间。两处的年数，无论是否偶然相合，总可算得一致。那么，我们应该承认这个数目有点价值。

现在我们看天文家的数目与地质家的数相差何如，至少要差6万年。我们知道德氏的方法，是脚踏实地，他所得的数目，是比较可靠的。然而克氏的数目，我们不得不丢下。况且按天文学的理论，地球不能南北两半球同时发生冰川现象，而在过去时代，我们所知道的三个冰期，都不限于南北一半球。更进一层说，假若克氏的理论是对的，那么，地球在过去时代，不知已经过几十百回的冰期，何以地质家在地球上各处找了数十百年，只发现三回冰期。如若说是冰期的遗迹，没有保存，或者我们没有发现，这两句话未免太不顾地质学上的事实，也未免近于遁词。

原来地上的气候，与天文、地理、气象三项中，许多的现象，有密切的关系。这三项现象，寻常互相调剂，所以地上气候温和。若是三项合起步调，向一方面走，那就能使极端热或极端冷的气候发生。比如现在的西北欧，若没有湾流的调剂，虽不成冰期，恐怕与冰期的情形也要差不多了。总而言之，克氏一流天文家所创的学说，如若不大加变更，大加修正，恐怕纯是纸上空谈，全以他们的理论为根据去定地球的年龄，正是所谓缘木求鱼的一场故事。

　　天文方面，既然不得要领，我们现在就要问地质家，看他们有什么妥当的方法。

阅读思考

冰头北移过程中，为什么会形成一层层粗细相间的停积物？

地上的气候与哪三项因素有密切关系？

轻松导读

地球之所以暖和，是因为太阳的照耀。那么，太阳的热来自哪里呢？德国哲学家莱布尼兹和康德认为是燃烧而生；侯后迈尔认为是许多陨星常向太阳里坠落而致摩擦生热；赫尔姆霍斯却认为太阳的热是由它自己收缩发展而来的。本节讲的就是有关太阳热的来源的说法，除此之外，我们还能了解到太阳的色球层和光球层谁的温度更高。

地球热的历史说地球年龄①

地球上何以这样的暖？我们都知道是太阳，无古无今，用它的热来接济我们。然而太阳里这样仿佛千古不变的热力是如何来的呢？这个问题，已经费了许多哲学家和物理家的思索。他们的思想，从历史上看来，自然是极有趣味，可惜我们没有工夫详细地追究，现在只好说一个大概。

德国有名的哲学家来布尼兹（Leibnitz，即莱布尼茨）同

① 本文为《地球的年龄》一书第六部分《据地球的热历史求它的年龄》一章的节选，题目为编者所加。

康德（Kant），都以太阳为一团大火，它所发散的热，都是因燃烧而生的。自燃烧现象经化学家切实解释以后，这种说法，当然不能成立。俟后迈尔（Mayer）观察摩擦可以生热，所以他想太阳的热，也许是许多陨星常常向太阳里坠落的结果。但是据天文家观察，太阳的周围，并非常常有星体坠落，假若往太阳里坠落的星体若是之多，太阳的质量必要渐渐增加，这都是与事实相反的。

赫尔姆霍斯（Helmholtz，即亥姆霍兹，德国物理学家、生理学家）以为太阳的热是由它自己收缩发展出来的。太阳每年发散的热量，可由太阳的射热恒数（solar constant of radiation）求出。赫氏假定太阳当初是一团星云，渐渐收缩，到了今天，成一个球形，其中的质量极匀。他算出太阳的直径每缩短1‰。所生的热量，可与它每年所失的热量的2万倍相当。赫氏据此算出太阳的年龄，大约在2000万年以下。如若地球是由太阳里分出来的，当然地球的年龄，比2000万年还少。克尔文（Kelvin）对于这个问题的意见，也与赫氏相似；不过他认为太阳的密度越至内部越大。

据物理家近来的研究，所有发射（即放射）原质当发射之际，必发生热。又据分析日光的结果，我们早知道日中含有氦（He）质，所以我们敢断言太阳中必有发射原质。因此，有许多人疑发射作用为太阳发热的主因。据最近试验的结果，1000万克（grammes）的铀（U）质在"发射平衡"之下，每1点钟能生77卡（calerie，热量单位，1卡约等于4.19焦耳）的热，而同量的钍（Th）所发的热量不过26卡。太阳每1点钟每1立方米所发散的热，平均约300卡，这些热量，假若都是由太阳内的发射原质（如铀、钍等）里发出来的，那是每1立方米的太阳质中，应有400万克的铀。但是太阳平均每1立方米的质量只有1.44×10^6克，即令太阳的全体都是铀做成的，由这种物质所生的热仅能抵当它所消费的热量1/3。所以以发射物质发生的热为太阳现在唯一的热源，所差未免太多。

据阿耳希尼（Arrhenius，阿伦利乌斯，瑞典化学家）的意见，太阳外面的色圈（Chmosphere，即色球层，为太阳大气的中间层），大概都是单一的物质集合而成的。它的温度，约在6000—7000℃（现在通常认为，太阳色球层的温度为4500℃到数万摄氏度）。其下的映像圈（Photosphere，即光球层，为太阳大气层最底端大气）里的温度，或者高至9000℃（现在通常认为，太阳光球层的温度为4500—6000℃）。越靠近太阳的中心，温度和压力越高大。太阳平均的温度据阿氏的学说计算，比它外面色圈的温度应高1000倍。在这种情形之下，按沙特力厄（Le Chatelier，即勒夏特列，法国化学家）的原则推测，太阳中部，应有特别的化合物，时时冲到外部，到温度较低的地方爆裂，因之生热。我们用望远镜往往看见太阳的表面有凸起的地方，或者就是这种冲出的气疣。这种情形，如果属实，我们现在从热的方面，则无法算出太阳自有生以来所历的年代。

关于这个问题，近年法国物理家拍蓝（Perrin）氏利用原子论和相对论做了一番有趣的计算。拍氏因为天文家断定许多星云都是由氢气组成的，所以假定化学家所谓的种种元素都是由氢气凝结而成的。氢的原子量是1.008，而氦的原子量是4.00，那是由氢而变为氦，失掉若干质量，质量就是能力，这些能力当然都变成热。照这样计算，拍氏算出太阳的寿命为10万兆年，地球年龄的最大限度，应为这个数目的若干分之一。但是我们若要从热的方面求地球自身的年龄，还不能不从地球自身的热量着想。

我们都知道到地下越深的地方温度越高。地温增加的率随地多少有点儿不同，浅处的增加率与深处的增加率当然也不等。据各地方调查的结果，距地面不远的地方，平均每深35米温度增加1摄氏度。

从这种事实，又从热能力衰退（degradation of energy）的原则着想，克尔文根据怕松（Poisson，即泊松，法国数学家）的假说，追溯地球从前必有一个时期，热度极高，而且全体的热度匀一，后来它的热能力渐渐发散，所以表面结壳，失热愈多，结壳愈厚。

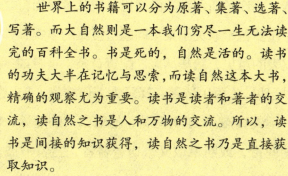

世界上的书籍可以分为原著、集著、选著、写著。而大自然则是一本我们穷尽一生无法读完的百科全书。书是死的，自然是活的。读书的功夫大半在记忆与思索，而读自然这本大书，精确的观察尤为重要。读书是读者和著者的交流，读自然之书是人和万物的交流。所以，读书是间接的知识获得，读自然之书乃是直接获取知识。

读书与读自然书①

什么是书？书就是好事的人用文字或特别的符号或兼用图画将天然的事物或著者的理想（幻想、妄想、滥想都包在其中）描写出来的一种东西，这个定义如若得当，我们无妨把现

---

① 本文发表于1921年11月2日的《北京大学日刊》。李四光研究地球科学不仅把地球科学的分支学科诸如古生物学、岩石学、矿物学、构造地质学以及气象学、天文学等整合在一起，而且还利用物理学、化学、数学等方法研究解决地球科学的问题，以求解决统一的自然科学问题。他是从科学的整体化，知识的统一性的战略高度着眼的。他在此时已觉察到当代科学技术高度分化又高度综合的发展特点。该文是对他的这一治学思想所做的最好的注脚。

在世界上的书籍分作几类：（甲）原著，内含许多著者独见的事实，或许多新理想、新意见，或二者兼而有之。（乙）集著，其中包罗各专家关于某某问题所搜集的事实，并对于同项问题所发表的意见，精华丛聚。配置有条，著者或参以己见，或不参以己见。（丙）选著，择录大著作精华，加以锻炼，不遗要点，不失真谛。（丁）写著，拾取二人的唾馀，敷衍成篇，或含糊塞责，或断章取义。窃著著者，名者书盗。假若秦皇再生，我们对于这种窃著书盗，似不必予以援助。各类的书籍既是如此不同，我们读书的人应该注意选择。

什么是自然？这个大千世界中，也可说是四面世界（Four dimensional world）中所有的事物都是自然书中的材料。这些材料最真实，它们的配置最适当。如若世界有美的事，这一大块文章，我们不能不承认它再美没有。可惜我们的机能有限，生命有限，不能把这一本大百科全书一气读完。如是学"科学方法"的问题发生，什么叫作科学的方法？那就是读自然书的方法。

书是死的，自然是活的。读书的功夫大半在记忆与思索（有人读书并不思索，我幼时读四子书就是最好的一个例子），读自然书种种机能非同时并用不可，而精确的观察尤为重要。读书是我和著者的交涉，读自然书是我和物的直接交涉。所以读书是间接的求学，读自然书乃是直接的求学。读书不过为引人求学的头一段功夫，到了能读自然书方算得真正读书。只知道书不知道自然的人名曰书呆子。

世界是一个整的，各部彼此都有密切的关系，我们硬把它分作若干部，是权宜的办法，是对于自然没有加以公平的处理，大家不注意这种办法是权宜的，是假定的，所以嚷出许多科学上的争论。Levons（Stanley Jevons，即斯坦利·杰文斯，英国经济学家和逻辑学家，1878年曾在《自然》上发表论文《商业危机和太阳黑子》）说按期经济的恐慌源于天象，人都笑他，殊不知我们吃一杯茶已经牵动太阳倒没有人引以为怪？

我们笑腐儒读书，断章取义咸引为戒。今日科学家往往把他们的问题缩小到一定的范围，或把天然连贯的事物硬划作几部，以为在那个范围里的事物弄清楚了的时候他们的问题完全解决了，这也未免在自然书中断章取义。这一类科学家的态度，我们不敢赞同。

我觉得我们读书总应竭我们五官的能力（五官以外还有认识的能力与否，我们现在还不知道）去读自然书，把寻常的读书当作读自然书的一个阶段。读自然书时我们不可忘却我们所读的一字一句（即一事一物）的意义还视全节全篇的意义为意义，否则成一个自然书呆子。

轻松
导读

介绍海陆陵谷之变迁，气候之更迭，属于地质家的事情。然而，关于我们中国地势的沿革，最早却是欧美人进行冒险研究的。我们现在视为千古不变的山川岩石，其实时刻都在变更。你能说出地质学家划分的地质时代有哪些吗？中国地质构造的南北界限是什么吗？下面的章节将会为大家解答这些问题。

中国地势浅说①

本文讨论的问题，是中国地势的沿革。这与中国疆域的沿

---

① 本文是李四光应北京大学地质研究会之邀于1922年2月5日在北大二院第一教室所做《中国地势之沿革》之演讲。全文载1922年2月15日《北京大学日刊》第954号，后于1923年将题目改为《中国地势变迁小史》，由商务印书馆以百科小丛书出版，1935年第二版，1937年出第三版。现选的是1935年的第二版。文章从地质历史最早的震旦纪讲起，一直讲到最新的第四纪，对中国疆域内的沧桑变化，各个地质时代的特点，都做了概要的介绍，最后，他用双关意义的语言说："若要严格地讲起来，我们中国地势的历史，还是黑暗的。要把这个黑暗的中国，弄得大放光明，全赖我们大家将来努力奋斗。"本书只选用了其中的绪言与第六章两部分，题目为编者所改。

革，以及中国内部政治区域的沿革，是截然两道。疆域的沿革，政治区域的沿革，是人类发生以后的事——是人类有了政治的组织以后的事，所以这些问题，当然归历史家研究。至若我们现在的问题，包括人类发生以前或人类在极幼稚时代——那就是与猴子时代相距不远的旧石器（Palaeolithic）时代、新石器（Neolithic）时代，在我们现在所谓中国的这一块地域里的海陆陵谷之变迁，以及气候之更迭等事实。总括这些变迁，似乎应有一个专门语，在未得妥当的名词以前，我现在试称为地势的沿革。那就是地质史的一个方面。研究这个问题，不待言是我们地质家的事。

欧美各国的地质家，关于他们本国地势的沿革，多少都有点儿研究。联合参详各处研究的结果，我们今天才知道我们人类的祖先还未到这个世界以前，世界上已经有了许久许多的沧桑之变。然而关于我们中国这一大块地皮，除了几个好事的、冒险的欧美人外，竟然没有多少人过问。我们现在关于我们自己国里地势的变迁的知识，大半是由这些冒险家得来的。他们对于学术上既然有如是的贡献，现在我趁这个机会，把他们几位的名字列举出来，聊以表示我们的感谢。

1862—1865年，美国的本潘来（R. Pumpelly，即拉斐尔·庞佩利）可算得是头一个地质家到中国来研究地质。他所研究的地域，大半限于满洲（作为地理概念的"满洲"，大致指代现今我国东北三省、内蒙古东部等地区，现已很少使用）、蒙古

（在本文发表的1922年，中华民国政府尚享有该地区的领上主权；直至1949年，中华人民共和国政府承认蒙古人民共和国的独立主权地位）及其他东北各省。三年后，德国的李希霍芬（F. V. Richthofen）就到中国来着手他的毕生事业。与李希霍芬前后同时有戴卫（A. David），他曾到过蒙古、江西，并横断秦岭东部；又有金斯密儿（T. W. Kingsmill），曾在长江流域调查；又有卑克麻儿（A. S. Bickmore），曾由广东走到汉口。他们虽然多少各有点儿贡献，然而与李希霍芬却是不可同日语。

1877—1880年间，奥国的洛川（L. Loczy，又译洛克济）随着施曾彝（Szechenyi，又译斯布尼）的科学调查队，由长江下游穿过秦岭，入甘肃，沿南山（即祁连山）东北麓进行，转折经过四川北部、西部，再南由云南的西部而到缅甸。当时内地风气不开，地方自然不免有仇外的情形。据云洛川曾经过种种困难。再数年后，有俄国地质家奥勃洛奇（V. A. Obrutchov）往来于南山数次，并历四川北部及蒙古等处。1898年，福德勒（K. Futterer）由新疆穿过沙漠，复由甘肃过秦岭，出长江下游。其采集的材料颇为可观；惜未加以详细的分析和编纂。其余若来白林斯（F. Leprince Ringnet），若罗伦斯（Th. Lorenz），若房格商（K. Vogelsang），对于中国东北部及川鄂毗连各属，均各有研究，尤以罗伦斯在山东调查研究之结果，在地层学上最为重要。

当这些学者在那里做断断续续的调查研究的时候，李希霍芬发表了许多关于中国地质的论文，并陆续发刊他的名著《中国》（China）。这一部书，一直到今天，总算是关于中国地质的最重要的著作，可惜书未写完而本人已去世了。1903年，美国地质家威烈士（Bailey Willis，又译贝利·威利斯）和勃拉克韦特（E. Blackwelder）受康乃吉学院（Carnegie Institute，又译卡耐基学院）的委任，来中国调查地质。他们在中国不过五个月。曾到山东、辽东，又由河北南部入山西东部，经过唐县、五台、忻州、太原、西安，复由西安穿过秦岭，经过川东鄂西诸属，至宜昌终止。他们此次研究的成绩，以他们所费的时间而论，可算得不少。

至若中国西南各省地质的情形，大半是由法国人考查出来的。最初有湄公河的调查队。继以雷克勒（Leclère）及雷当诺（Lantenois）的调查队。1910年，戴普勒（J. Depart）对于云南东部的地质，似乎费了一番力量，外间对于戴普勒之为人，虽有种种物议，然而他所编的报告，究竟未可一概轻视。

近二十年来，日本人对于中国的地质，往往有所著述。其中以横山、矢部、后藤、早坂、小野诸氏著作较多。他们的著作，大都在东京帝国大学理科报告。我们可在日本地质学杂志、地质学报，及其他一二大学的报告中，寻出他们的著作。这都是不乏有价值的东西。

以中国人研究中国地质而有成绩可考者，就我所知，自丁文江、翁文灏、章鸿钊三先生始。自北京地质调查所成立以来，我们关于中国地质的知识，大有日新月异之势。但是我们中国的面积，如此之大，考查出来的结果，如此之少，要想讲讲中国地势的沿革，谈何容易。所以我们现在所能讨论的，只是一个简而又简的概略。至于详细的情形、确实的证据，及还有许多其他方面，则不能不待我们自己发奋有为，到各处观察，仔细研究。

可以供我们讨论的材料的来源，大致如此。现在我们应当进一步划定讨论的范围，那就是我们所讨论的地势沿革应从什么时代起。据数十百年来地质家的观察，我们现在视为千古不变的山川岩石，无一时一刻不在变更。不过变得极慢，所以大家都不知不觉。又据种种地质学上的事实，我们敢断言地面变更的情形，在人类未发生以前，有许久的时间与我们现在目击的变更，无论就种类而论，或程度而论，无极大的差异。这就是匀和的学说，创于雷侠儿（Charles Lyell）[①]。我们谈地质史最重要的根据，就在这个原则的身上。然则我们现在不能不问这种匀和的变更是无始无终的，抑或是到了一定过去的时代匀和的原则就不能适用了？如若从今日起，

---

① 雷侠儿（Charles Lyell, 1797—1875），又译查尔斯·莱尔，是英国自然科学家，创立匀和说即均变论。他认为，地球表面是在不断地发生缓慢的变化。地质学中的突变论，是法国生物学家居维叶（G. Cuvier, 1769—1832）创立的。他认为，地球历史上曾发生过多次巨大的灾变，每次灾变都是新山脉升起，旧山脉沉没；旧生物被毁灭，新生物又被创造出来。

向过去推去，推到一定的时代，当时变更的结果与现今截然不同。那时致变更的原因亦必不同。那是匀和的变更，在地球上从那时才开始。我们地质家考究一地的地质史，也只好从那时起。比如历史家考究一国一民族的历史，只好从那一国一民族初有历史的记录那一天起。

关于匀和说适用的范围，自雷侠儿以后，学者主张颇不一致。极端主张匀和者，以为递积岩①初发生的时候，就是匀和的变化开始的时候。这种主张，不过是一个主张，我们颇难判决它的是非，也不必判决它的是非。

古生物家和地质家依古代生物继承的情形，及古代地壳极显著的鼓动，将海陆划分以后，直至今日，地球所历的时间，分为若干时代。正如历史家将中国历史分为若干朝代一般。学地质学的人大概都知道的，这些地质时代如下表。

时代名目（以百万为单位）		距现今的年数
新生世	最新（Pleistocene，即更新世）	约 1.0
	更新（Pliocene，即上新世）	约 2.5
	次新（Miocene，即中新世）	约 6.3
	少新（Oligocene，即渐新世）	约 8.4
	初新（Eocene，即始新世）	约 30.8
中生世	枯烈纪（Gretaceous，即白垩纪）	—
	侏罗纪（Jurassic）	—
	三叠纪（Triassic）	—

① 递积岩，即沉积岩。

续表

时代名目（以百万为单位）		距现今的年数
古生世	二叠纪（Permian）	—
	葭篷纪（Carboniferous，即石炭纪）	约146
	泥盆纪（Devonian）	—
	志留纪（Silurian）	—
	奥陶纪（Ordovician）	约209
	寒武纪（Cambrian）	—
古生世	亚尔艮纪（Algonkian，即元古代）	—
	玄古（Archaean，即太古代）	710

在学过地质学的人看起来，有时代的名目便够了，然而未曾学过地质学的人看了这些名词，如未学历史的人看了周宣王时代、罗马恺撒（Caesar）时代等名目一样，没有什么意义，所以我把这些时代到今天大概的年数列举出来。这些数目，是从含发射元素的矿物推算出来的，并不可靠。之所以列入表中，不过借以表明年代之长。上列的各时代，都有特别的岩层及生物群以为代表。最要紧是上面各时代的次序。我们人类初发生的时期，现在虽不能十分断定，然顶古也不能过"更新"期。新生世之初，才有哺乳动物发生，二叠纪时鸟始生，志留纪时鱼始生，寒武纪初组织较完全的动物如三叶腕足类、珊瑚类始出现；而以三叶为最盛。寒武纪以前，亦当有初级的生物

生存于世。然而留下的遗迹极少。这是生物学上、地质学上，极有趣的一个问题，而在中国北方研究要算正好，因为中国北方寒武纪以前的岩石极为发育，并且有一部分未曾遭到更大的变更。如藏有化石，不难详考它的形状。

就我们现在地质学上的知识判断，匀和的变更，至迟也必不在亚尔艮纪以后。那么，我们现在讨论的范围，无妨就从亚尔艮纪的末造起。

范围既定，关于我们研究的方法，讨论的根据，不能不略加解释。我有一位同事，他曾教授人类学，有一天他正好老老实实地把历史以前的人类的生活状态说了一番，说完了，有一位听讲的起来质问他，说："我们知道历史的事实，因为有史册记载可凭。你所说的历史以前的人类生活状态，既无记载可据，你何以知道。你的话我都不信！"我那一位同事生了气，以为这个人对于学术太无信仰，不足与之谈。我却以为那一位质问的先生倒很有道理，我们如若将他的疑问稍加以分析，我们就知道他的用意是要问用什么方法，有什么根据，使我们知道历史以前的人类的生活状态。现在我们在讨论中国地势的沿革以前，似乎也应当把我们的方法说出来；并且同时把我们的根据撮要地摆出来。即使我们的推论结案不对，我们所举的事实还是事实。那些事实总是有用的。

讲地质学的人都知道一个老比喻。那就是我们脚踏的地层，好像一册书。一层就是书的一页。书中有文字图画描写事实。地层由种种岩质造成，并有时夹着生物的遗体。我们知道现在地球上某样的地域，常有某种的岩石堆积成层。所以从过去时代所造成各地层质料的性质，我们可以推测当时岩层停积之处为何项地域，或为湖沼，或为河床，或为海湾，或为深洋。岩层中所夹的化石不止表示岩层成生之年代，并且有时亦能表示其成生的地域，因为大洋的生物群、浅海的生物群、咸水中的生物群、淡水中的生物群，各有特象。地质家所当研究的，就是这些事。诸如此类，数不胜数。我现在不过举一二最显著之点，以求见信于非地质家而抱怀疑态度的人。不怀疑不能见真理。所以我很希望大家都采取一种怀疑的态度，不要为已成的学说压倒。

现在我可以讲中国地势的沿革了。头一件我们当注意的事，就是中国的地质构造可分为南北两部。秦岭山脉为天然的界限。秦岭以北称为北部，秦岭以南称为南部。中国南部地层的构造较为复杂，所以我们知道中国南方地势的变迁较为复杂；北方构造除西北一隅外，极为简单，所以我们知道北部海陆的变迁颇为简单。

玄古的岩石在中国北方露头甚多，在山东东部、满洲尤著。内蒙古、山西、河北各处都有露头。此项最古的岩石，威烈士和勃拉克韦特称为泰山杂岩。因为造成泰山的岩石，据勃拉克韦特的观察，都是属于这一类。泰山杂岩中夹着许多片麻岩。那些片麻岩，也许是砂泥质的变形。假若它们果真是砂质泥质的变形，那是在玄古的时代海陆早已划分，种种地质的变更，已经照常进行。但是它们原来是否是砂泥，还在未定之天。即使是砂泥等质，它们足以表示玄古时代侵蚀的作用，然而那泰山杂岩中的各项岩石，都经过剧变，乱杂无章，由某种岩石的分配而断定当时海陆的分配，是绝对做不到的事，所以玄古时代中国的地势的问题，我们现在尽可不必做无谓的讨论。以前所定讨论的范围，就研究的方法看来，实在是不得已而划定的。

阅读思考

地质学家划分的地质时代有哪些？

中国地质构造南北界限是什么？

轻松
导读

　　我们知道中国这一地块,并不是生来就是这样的,至少经过几次大变革。要知道一两百万年在地质学家心目中,只相当于寻常人心目中的一两天或一两个月。地质学家的"近世"至少要与历史学家的"盘古"以前相当。你知道在中国已经发现了几种新生世的停积物吗?在新生世的中期,世界又发生了什么地势大变革?

侏罗纪与中国地势[①]

　　侏罗以后,一直到今天,在中国所生的地层极不完全。就是那枯烈时代(一名白垩时代),欧洲的海里造了几千尺厚的石灰岩和白垩。然而中国除四川赤盆中,多少有点淡水停积物以为这个时代之纪念以外,从未闻有何项枯烈纪的层岩。就现在我们的知识判断,中国本部绝无那时的海洋停积物可寻。

---

　　① 本文为《中国地势变迁小史》的第六部分《侏罗纪以后中国的地势》一文的节选,论题为编者所加。

至若新生世的停积物，在中国已经发现的共有几种：（1）含煤层的泥砂岩。辽河流域、朝阳抚顺等处的煤层有大部分属于这个时代。云南、蒙古等处的也是属于这个时代。（2）红砂岩。这种砂岩不仅遍布于长江各省，就是北至甘肃、蒙古，南至广东，都有它的代表。这里边发现了许多哺乳动物的化石。中国人向来把这些化石当药品用，巧名之曰龙骨龙齿。据许洛塞（Schlosser，即舒罗塞，德国古脊椎动物学家）、孔庚（Koken）诸氏的研究，这些龙骨龙齿，大半都是更新期的生物遗骸。有时也有最新期的生物遗骸。（3）瀚海层分布于蒙古、新疆、甘肃各处。（4）湖沼停积。戴普拉曾在云南东部，安特生（Andersson，瑞典地质学家、考古学家）曾在山西南部（垣曲）遇见这种岩层。（5）汶河砾岩。勃拉克韦特曾遇见这种岩石于山东的汶河流域及河北的宁山盆地。（6）黄土。遍布于秦岭以北。除以上所列举的几种停积物以外，还有大堆的火山爆裂物。张家口外的火山岩流，就是最著名的。

自从侏罗纪的末造中国的地盘隆起后，中国已经成了一个大陆国，南北虽都有内海以及湖沼，然而都不甚深。地形平均甚高，所以侵蚀的力量甚烈。久之侏罗纪末造所造的山岳，如秦岭等，渐渐失却了崎岖之象，那时中国全国，可算得一个高原。一直到初新生的末期，中国还是一个高原，当然高原上有河流湖沼。

到新生世的中期——大约是"次新"的时代，世界又发生了地势大革命。欧洲发生了阿尔卑斯山脉，其影响及于全欧。亚洲发生了喜马拉雅，中国的本部，发生两条山脉，并驾齐驱。这两条山脉，就是我们今天所看见的秦岭、南岭。因为这两条山脉发生，几条大河随着发生。到这时候，黄河、长江、西江的流域已经大概定了——那就是与现在差不多了。此次变动，大概是由南方来的，因为此所造的山脉，大概都是由西至东。这回革命影响之远大，绝不亚于泥盆纪初的喀道利呢大陆改革、煤纪中的赫辛尼大陆改造。

此次变动的结果，不仅是地面山川的改造，就是内部的地层也生了许多很大的裂缝；并且有许多地盘陷落。于是火山爆裂，岩汁迸出。蒙古南部，展眼数千百里，都是一片焦灼之象，辽河以东，东南海岸各处，时时亦有岩汁火灰喷出。不独中国如斯，就是西北欧，由英国西北部一直到冰岛（Iceland），也是火焰不熄。地力的运行，可谓极一时之盛。

经这次剧变之后，中国的风景迥不如故。北方除了几个浅湖以外，都是平原或高原，南方山环水曲，森林遍地。所以性好原野的动物如马类（Hipparion，特指三趾马，古哺乳动物，曾经分布非常广泛，现已灭绝）都来栖息于北方；而性好卑湿、森林的动物，如鹿豕之类，繁殖于南方。据许洛塞的研究，他们的祖宗也许是由北美来的。

地上的变更，不遑宁息，新造的高山渐被摧残。所生砂土，都转到附近的湖沼或海湾里去。于是红色砂岩发生。到了

"更新"期的末造，世界的气候慢慢地变冷。北美、北欧，雨雪较多的地方，成了一个漫天漫地的冰雪世界。中国那时的气候何如，颇难断言。据我去年发现的几件事实推测起来，中国的气候也应是极冷。北部并有冰川流动。但是这个问题究竟何如，还待一番研究。

自从冰期以后，人类渐渐进步，在生物中称雄。因为中国北部的海渐渐涸竭，气候渐渐变干，风吹尘土，转扬几千百里。于是秦岭以北，大部分渐埋没于黄土之下。这种黄土，今天还在转移生长。

新生世中期大革命以后，中国的地势并不十分安定。中部的秦岭，恐怕还是继续地隆起。因为长江在四川赭盆的东部向地势较高的地方流动，水只能往低处流，所以能穿过高地者，必是先有河流而后地面上升。河流侵蚀的速率，比地面上升的速率相等或较大，所以水能流过。其余还有许多同样的证据，表示地壳近世的变迁，现在我们不必一一详论。

总观几万万年的历史，我们现在知道我们中国这一块地皮，并不是生来就是这样的，至少经过几次大改革。我说大改革，仿佛给人一个骤起骤落的观念。这个观念是完全错了。我们要知道一两百万年，在地质家心目中，只当寻常人心目中的一两天或一两月。地质家的近世至少要与历史家的"盘古"以前相当。所以就是过去时代有极快的变更，绝不是整个的山海忽然没见了。现在就有许多事实，表示我们现在所居的时代，就是一个地势大改革的时代，即此可想象过去大改革的情形何如。

我一场话虽然多少有点儿根据，然而不过给大家一个概念。可惜我们所知道的地层学上的事实太少，不能把我们的讨论弄得更有趣味，若是严格地讲起来，我们中国地势的历史还是黑暗的。要把这个过去黑暗的中国弄得大放光明，那是全赖我们大家将来的努力。

阅读思考

在中国已经发现了几种新生世的停积物？

新生世的中期，世界又发生了什么样的地势大变革？

轻松导读

风水，无论是对以前的人们还是对现在的人们来说，都是一个神秘的存在。如今的风水，更是直接影响着我们的日常生活，比如肉食过多的人体力较大，容易发展凶恶性；菜食较多的人力气较小，性情较为温和慈爱。你能说出动植物在世界上的分布主要受哪些方面的影响吗？中国北方和南方，人们的生活方式及性情有何差异？

风水之另一解释[1]

世界的组织我们都知道是一个极复杂的东西。它各部分彼此的关系，各部分彼此的反应，各部分彼此的牵制，往往在我们的意料以外。这固然不足为奇，因为自从我们像猴子的祖宗一直到现在，我们人类所得的知识还是有限极了。但是有时候我们睁着一对好眼睛做瞎子。有许多事情我们并不是不知道他

---

[1] 该文是李四光应北京大学地质研究会的邀请，于1923年3月26日和28日所作的《风水之另一解释》讲演，全文刊在《太平洋》第四卷，第1号。

们彼此的关系密切，然而我们却把那种的关系忽略的看过。忽略看过的缘故，或者是因为那些关系的影响太小，我们看不清楚；或者因为影响太大，我们看不完全。

近年来科学的范围渐渐地扩充。不管什么黑暗的地方，我们也要用科学的光来照它一照。从前人信为真实的事，有许多我们却知道是迷信。又有些从前以为是迷信的事我们倒渐渐地觉得它有点儿道理。比方鬼那个东西，我们从前都以为它没有存在，一切谈鬼都是胡说，都是迷信。现在我们却知道有许多奇奇怪怪的事实引起从前的迷信。那些事实实在有用科学的方法研究的价值，在欧洲有许多科学名家，尤其是物理家，简直相信有鬼。不过他们所说的鬼与从前迷信的鬼性质有点儿不同。

我们国里的人，向来做一间房子，或者埋一个死人，都要先问堪舆家门向利不利，来龙好不好。近年来，大家讲点儿科学，都知道这种糊涂的举动，有碍文化的进步，想快快地设法摆脱，在国人的思想上总算进了一步。但是如若再进一步，恐怕我们反而要把"风水"拿来研究。就现在我们的知识看起来，风和水对于人生确确实实有重大关系。不过我们现在所说的风水，与从前所说的风水根本上有不同的地方。好像古式天文学（Astrology）与现今的天文学（Astronoy）有不同的地方一样。他们从前所说的风水的影响，仿佛先必经过死人，或者一种神秘不可思议的机关，然后才能到活人的身上。我们现在所说的风水，直接地影响于我们自己日常的生活。那种影响或者有一部分，在我们活着的时候，由我们传到我们的子孙。他们从前所说的风水，只影响于得地气的一家或一族。我们现在所说的风水，影响于一个民族或者一个民族的一部分人。他们从前所说的风水最后以一家一族的盛衰，吉凶祸福为归结。我们现在所说的风水，以一地居民的生活状态，或其文化的种类，或其程度为归结。他们从前所说的风水以甲、乙、丙、丁，子、丑、寅、卯，青龙、白虎等无意识的名词为要素。我们现在所说的风水，乃是真正以风以水及其他可凭可据的种种地上或地下的现象为要素。

人是一个动物，多少能自由行动。但是所有的动物不必都能行动。有许多动物，比如珊瑚类，身上有一种根，长在地上，自从它生出来的日子一直到死，简直没有移动的机会。还有许多动物在幼时能自由行动，一到长成，便变成了一种固定的东西。人类虽有自由行动的能力，然而就是在现在交通方便的时代，大多数人能行动的范围还是不能不受天然的限制。并且世界上有许多的人虽然没有有形的根，然而不知不觉在他居住的地方长了许多无形的根了。在地上生根的动物，由一定的地方吸收一定的养料。它们的生活状态乃至它们的形状，当然要受当地物质上种种的制裁，这是极为明了的。但是关于高等动物，比如人类，因为他们有自由行动的能力，因为他们有智能的作用，所以他们所居的地方，或者也好说他们所在的环境，对于他们的生活状态，有何等影响，有无影响，却是不容易看出来。就大概而言，大家都觉得环境对于人生，都有一种关系，大家心里，酿成这种信仰，自然是因为有许多事实隐隐约约的做证据，所以后一层没有问题，但是有如何的关系，有何等的关系，这一层倒要费研究。

　　要研究这个问题，我们不能不先做一点儿分析的工夫。什么叫作环境？通俗的意义颇欠明了。现在我们要造一个较为概括的，而且较为正确的界说。人类所处的环境约略的可以下表表明：

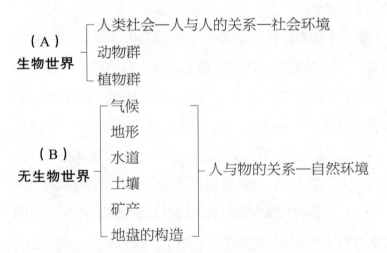

以上是环境一方面的分析：至若关于人类的生活状态事件很多。但是其中最重要的，大都可概括在下列表中。

（Ａ）
生存的要素　┌ 衣
　　　　　　├ 食
　　　　　　└ 住(包含交通的设备)

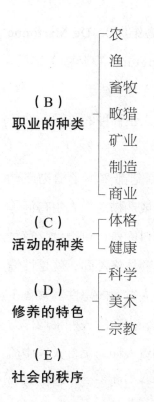

（B）
职业的种类

农
渔
畜牧
畋猎
矿业
制造
商业

（C）
活动的种类

体格
健康

（D）
修养的特色

科学
美术
宗教

（E）
社会的秩序

现在进一步求两方面的关系。

社会环境对于个人如何的重要久已有社会学者替我们研究，现在不用多说。自然环境对于人生的关系，近年来也渐渐有人研究。从前讲地理的人专事记录事实，只要知道世界上有多少国、多少山、多少河，一国里有多少人口、多少面积、什么出产就完了，并不问这些事实有如何的联络、如何的关系；现在不然，地理家都要问这些事实发生的缘故，都想由那车载斗量的记录中找出一个头绪。这一条路可算得已经开了，但是离我们最后的目的地还甚远。开辟这一条路尽力最大的人，恐怕要数 W. M. Davis（即美国地貌学家戴维斯），De Martonne（即法国现代地理学家德马东），Huntington（亨廷顿）诸氏。我们现在所得的一点儿知识大半是他们劳力的结果。

现在我把以前所举的自然环境对于人生种种的关系一件一件地略述一遍。

动植物　人类的生活差不多时时刻刻都离不了植物或动物，三岁的孩子都知道。但是某种植物或动物对于人生有何等的关系，却要费点儿考究。比方单就食料而言，有肉食，有菜食，肉食的人种与菜食的人种比较，不独体格不同，就是性情也有许多不同的地方。肉食过多容易令人发展凶恶性。菜食主义仿佛多少可以培养人慈爱温和的性情。肉食的人种平均体力较大。菜食的人种平均的体力较小。肉食人种与菜食人种中流行的疾病往往不同。单就菜食而言又可分为两大宗：有以麦为主要的食物，有以谷为主要的食物。麦类养料较多，发热较多，消化较难。寒冷地方的居民，大都吃麦为生。谷类养料较少，消化较易。暖地或热地的居民，多以米为生。这不过就大概而言，当然有许多例外。

不仅人类的食料与动植物有如此的关系，就是衣住两项要素，也视附近的动植物的种类为转移，人类在未开化的时代，这两个要素受动植物的牵制更利害。试问穿皮与穿树叶比较，寒暖何如？居土洞与居树棚比较，生活的差别何如？骑马与骑象比较，快慢何如？再进一层，穿皮的人种、居洞的人种、骑马的人种与穿树叶的人种、住棚的人种、骑象的人种比较，他们习惯上的差别又何如？

我们北边的蒙古人以及我们西北边的基尔格慈（Kirghiz，即吉尔吉斯）人给我们顶好的一个例证。他们为什么善骑马？他们为什么得了游牧的习惯？因为蒙古和天山北麓诸地雨量很少，除了这一块那一块草场以外，植物极稀，五谷更不能生长，然则叫他们吃什么？自然只好吃牛酪羊酪，牛肉羊肉，穿牛皮羊皮。牛和羊吃什么？只好吃草。吃得快，长得慢，牛羊要饿死了。有什么办法？只好再找一块有草的地方。所以他们终年跑来跑去。现在我们懂蒙古人何故有游牧的习惯，基尔格慈人何故夏天上天山、冬天到天山以北的平原生活。不用说，以游牧为生的民族，从生到死为日常的必需奔走之不暇，还有什么安堵的地方给他们坐着想一想世界上的事，还有什么机会给他们谋一点儿高尚的娱乐，那么，有什么科学美术，有什么文化可以发生？

各种动植物在世界上的分布不是偶然的，乃是要受自然情形的支配。自然情形之中支配动植物的分布的，以气候、地形、土壤三项较为重要。三项之中气候尤为重要。

气候　通俗所谓气候，指平均的天气而言，意义不甚明了。我们现在所说的气候，包含一个地方每日平均的湿度及每日温度的变更、四时平均的温度及四时温度的变更、雨量的大小、降雪的多少、空气的湿度、云雾的轻重或有无及其他空气中一切的情形。

气候对于人生的影响可分为两方面说:(一)间接的影响;(二)直接的影响。所谓间接的影响,就是人生种种的需要大半都不能不受气候的支配。比方寒冷地方或温暖的地方抑或极热的地方的动物都有特色。种类既异,繁殖的情形也各不相同,动物学家把这些气候不同的地方的动物群分开,定了特别的名称。动物学家和古生物学家都知道热带动物群(Austral fauna),寒带动物群(Boreal fauna)有如何的异点。要明白动物的分配与气候的关系,我们随便拿一张动物分配地图一看就知道。植物也是受气候的支配。寒冷地方的植物都矮小,顶冷的地方只有藓苔类的植物发生。热地的植物常茂盛高大,易成丛林,湿地与干地的植物又大不相同。比如禾稻类性喜卑湿,稷麦类性甚干燥,它们的成分多少都有点儿不同。所以在吃它们用它们的人类身上,自然也应该产生不同的影响。

气候学家向来有一个问题,至今还没有完全解决。那就是世界上的气候仿佛有周期的变更。这个周期的长短大概十年、十一年,或者十年、十一年的倍数。这种周期的变更仿佛与太阳中的黑点的出没有一定的关系。据近来道格拉斯(A. E. Douglass,亚利桑那大学教授,树轮研究实验室的创办人)的研究,这种周期的变更影响到树木年龄轮的厚薄。即此一端,足见植物与气候息息相关的情形。

人类的食品与气候也是大有关系。冷地方的人宜多食发热的食料，比如麦类、乳酪类、脂肪类。这些食品滋养料甚多，所以冷地方的人体力较大。热地方的人多食清淡的食料，比如水果瓜菜米类。若吃发热太多的食料，必致发生消化不良的病。

我们所住的房屋的大小形式也要受气候的支配。中国北部的房子为什么平顶矮小的居多，南部的房子带屋脊而且较为高大居多，都是因为雨量风力所逼迫而成的。这一层不用细说，我们都知道。

我们的职业，甚至于一国工商业的发展，有时气候也有重要的关系。请看我们国内所用的洋线洋纱，从前差不多都是由英国运来的，近来从英国运来的还不算少。英国的纺织差不多都在Lancashire（即兰开夏郡，位于英格兰岛西北部）一省。我们看世界上棉花分布的区域，并没有Lancashire这个地方。然则何以那里的纺织业发达？我们看世界上雨量分配图，就明白那个原因。原来Lancashire一带空气很湿，而纺织事业宜于空气湿的地方。有了这种天然的条件，并且还有其他天然的条件凑合，所以Lancashire的纺织业是非常发达的。

现今世界上人文的特色，可以说是自由地利用天然势力。现在我们所用的天然势力，大半都出在煤和煤油身上。全世界地下所储蓄的煤和煤油有一定的分量。现在我们用起来一天多过一天，而它们在地下一点儿也不能增长。那么一定有一天煤和煤油要用尽了，这个时期并不甚远。那时候我们的汽车、电车恐怕一齐都要停摆，有什么法子补救？我们只好另外辟一个天然势力的渊源。由原子里取出来，恐怕做不到。仰仗木材，木材长得太慢。将来恐怕有一天我们还要大计划地从太阳身上想法子。这法子并不太难。太阳每日给我们地球多少热能力，不过有的地方空气中湿气太重、云雾太深，将太阳送来的热力吸收去了。现在世界上已经有人做出太阳发动机，不过不甚完善，效力不大。这种机器将来如若能改良，现在人人放弃的撒哈拉（Sahara）大沙漠或者变成与现在世界上顶好的煤田相同。

以前所说的都是气候间接地对于人文发生的影响。还有许多直接的影响。

昨天天气清和，我们都觉得做事格外爽快。今天天气阴湿，大家觉得精神萎靡，做事也比昨天迟钝。一入初夏，筋骨都觉得松了。一交秋令天高气清，我们的头脑仿佛格外的明晰，筋肉格外的紧张，仿佛发生一种乘长风破万里浪的气概，这种感觉正是表示气候对于人类的精神身体有何等直接的影响。关于这一层，Huntington研究最详。他曾用统计的方法把世界各地方的湿度温度对于居民的健康程度的关系，做出几个重要的图出来了。他又做出许多图来比较世界各地文化的程度与气候的关系。照Huntington研究的结果，气候的变更比平均的气候对于人类的影响较为重要。

热带地方的人民容易饱暖，体力较小，所以他们不好运动，而好静想。一方面使他们发生怠惰的习惯，一方面使他们易倾向于消极的思想。然则佛教出于印度乃是自然而然，并非偶尔。埃及波斯等地文化只限于人文发展的初期，一部分也可从气候上解释。

然则世界上各处的气候何故发生了差别？这是一个根本上的问题。我们对于这个问题可以简单地回答，分为三层：（一）受纬度的支配；（二）受气流及潮流的支配；（三）受地面的高度及形势的支配。假若地球的表面极为平均，无高低的差别，无海陆的差别。那么，全地球可分为许多气候圈。每个气候圈都与赤道平行。同一时候各气候圈所受的阳光不等。在赤道附近，当春分秋分时候，太阳正在赤道之上，所以受阳光最多。当冬至夏至时候，太阳离赤道最远，所以受阳光最少。但是这种变更不甚重要，因为一年之中，每日正午太阳总离顶线不远。若由赤道向北极走，离赤道越远，太阳的光线射到地面越斜。但是同时昼夜长短的差越大。若在夏季昼越长夜越短，因为白天的时间增长，所得的阳光与因为光线变斜所失的阳光两两相消。在六月廿一北半球所受的阳光有两个最大的处所。一个在纬度四十三度半；一个在北极。纬度六十二度附近所受的阳光最少。十二月廿一日南半球的情形与北半球六月廿一日受太阳热的情形大致相似。

然而就事实上看来，世界上的气候并非按着这种受阳光的情形分配的。热带地方有雪山，比如Kilimanjaro（乞力马扎罗山，位于坦桑尼亚境内、赤道附近），Ruwenzori（鲁文佐里山脉，位于乌干达境内、赤道附近），纬度极高的地方，比如挪威的北部也可居人。这就是一方面有地面的高度调剂。一方面有暖潮调剂，以前曾说过英国西部Lancashire一带比东部的雨量较多。其所以发生这种差别，就是因为英国中间有一条山脉由北至南名Pennine Range（奔宁山脉），由大西洋来的风中所含的湿气一半为这个山脉所挡住。我们中国南方雨量较多北方较少，一半自然是季候风使然，一半也是因为中间有一条很长而且很高的秦岭挡住东南边来的湿气。

高山不独如前所说能支配湿气的流动，并且能促水气的凝结。照以前所说的种种事实看来，一地的气候至少有一部分受地形的支配。

地形及水道 一个地方的水道乃是直接受那个地方地形的支配显而易见。这两层无妨并作一层说。地形与人生的关系也可从两方面说：（一）间接的影响；（二）直接的影响。间接的影响又可分为几层说。植物群的分布常与地面的高度以及地面的形势有一定的关系。比方在喜马拉雅山脚我们所见的植物是热带的植物，渐渐上山，植物的种类渐渐变更，与温带地方的植物相当。到最高的处所所长的植物，却与寒带的植物形态相似。动物群也是与地形有一定的关系。有的宜于山居，如猴类、虎豹类。有的性喜高原或平原，如驴马等类。有的性喜卑湿，如鹿豕等类。所以居高原、平原的人得了驴马等类交通的利器。他们长于骑驭。因之渐渐发生了许多特别的习惯。

为简单起见，我们可将各样的地形概分为两式：（一）丘陵式;（二）原野式。丘陵式的地方常有山脉起伏，河流萦绕。此种地方的河流往往较深而不易泛滥，便于行船。中国南部，即秦岭以南的地方，属于这种形式。原野式的地方常有广大的高原、平原，一起一落。高原与平原接头的地方地形变更甚急，河流较浅，河床极宽，容易泛滥，不利行船。中国北部即秦岭以北的地方，属于这种形式。一地文化的发展，交通的难易，可算得是极重要的原因。所以泥耳河（Nile，尼罗河）畔、Tigris（底格里斯河）、Euphrates（幼发拉底河），以及恒河流域等处，都是古代文化的渊源。

一个大陆上分了许多国。一国里往往又分了许多政治区域。这些国界和政治区域的境界，往往就是地形变更的地方，又可以说是地文区域的界线。请看英伦与威尔士的界线，西班牙与法国的界线，意大利和瑞士与奥国（奥匈帝国）的界线，战国时代各国的界线，三国时代魏蜀吴的界线，现今中国内地十八省的界线，都不是偶然发生的，亦并不是绝对的用人工做成的，多少都有天然地形的关系或地文的关系存乎其中。一个国家理想的政治区域，当然应与那一国的地文区域多少一致，因为那样合乎自然的组织，就行政的便宜上说，最为经济。就政策上说，最足以启发各地方人民的特长。

至若地形对于人生直接的影响，可分为身体方面与精神方面两层。山路崎岖，往来行旅必要费许多的精力，且山上的气候往往比平原的气候变更较为剧烈，所以山居的人民往往体力较大，并且富于坚忍耐劳之性。平地的居民锻炼体力的机会较山居的为少，所以他们的性质体格往往较为软弱。这是只就身体方面说的。若论到精神方面，影响之大较身体方面恐怕有过之无不及者。人类是最富于模仿性的一种动物。外界种种的形状，都在他心里留一个印象。这些印象他随时就可拿出来应用。我们何以知道做一个车轮？绝不是因为有了几何学我们才能知道做出一个圆的东西。我恐怕天上的太阳、月亮早已把一个圆的观念给我们的祖宗了。由此类推，人类所有种种形态上的基本观念，恐怕不由天然界得来的很少。更进一层，人类自己的性格恐怕也不能逃脱天然界种种物象的支配。山象巍巍，所以山居的人禀性应甚沉重。水象清淡，常常流动，近水的居民应该禀性较为轻率而圆通。然则地面何故发生种种形势，要根究这个问题，我们不能不讲到地质。

土壤、矿产、地盘构造　农业的发展几乎全视土壤的性质何如，不用详论。土壤的性质全视地下岩石的种类何如。岩石的种类又全视当地地质的历史何如。然则农业民族的生活状态与地质的情形有何等密切的关系，由此可以想见。不独农业与地质有如此的关系，就是一地的矿产对于一个民族发展的历史也往往有极重要的关系。比如欧洲自从工业革命以后需用煤铁日多一日。英国一国煤田甚多，英国的煤层并且常与可采的铁矿互相毗连或相距不远。有这种天然的利益，所以英国的工业发达独早。德法两国屡次交战，杀人数百万，虽然有种种历史上的原因，然而

Alsace-Lorraine（即阿尔萨斯-洛林地区，位于法国东北部，煤炭和铁的储量极其丰富，也因此在战争中被反复割让）的铁矿不能不算是惹起这种历史上的大事件的一大原因。日本铁矿甚为缺乏，它现在正在由农业国而变为工业国的时代，需铁很多，自己国里没有造铁的原料，所以只好极力到它邻近的中国来想法子。山西一省几乎全是煤田，现在因为交通不利工业不振，山西的人民还是多数业农，将来我们国里实业发达，山西必有大开煤矿之一日。山西人民大部分必致抛弃他们祖宗遗传的农业而入于矿业一途。太原也许变成一个中国的柏明罕（即伯明翰，英国第二大城市，现代冶金和机器制造工业的创始地）。矿产对于一个民族的前途又有如此重大的关系。

现在说到地形，各种的岩石结构不同、性质不同。各地岩石构造的情形往往各有特象。这些结构不同、性质不同、构造不同的岩石受了风雨的剥削各应其抵抗力的大小，在地面上成各种形状。岩层如有破裂或折皱的地方，在地面往往也有特别的形象发生。以前所说的英伦与威尔士交界的地方地形忽而变更，乃是两方面地层的种类不同、构造的形式不同所致。东面属于中生世的岩层折皱甚缓，西面属于古生世的岩层折皱甚急。英国中间之所以发生Pennine Range（彭奈恩山脉）挡住西来的湿气，是因为古生世末期欧洲发生了一次地盘大改造，那就是地质家都知道的Hercynian改造（即海西运动，发生于古生代末期，乌拉尔山脉和哈萨克斯坦、蒙古、长白—兴安褶皱带、秦岭—昆仑褶皱带、祁连山、天山等都是在这次运动中形成的）。意大利北境之所以有山脉，是因为第三期的中叶欧洲又发生了一回地盘的鼓动。中国秦岭以北地层折皱较少，破裂甚大，呈平台式，所以地表的形状属于原野式。南部折皱甚多，所以呈丘陵式。

伦敦之所以为伦敦，有人以为纯系偶然，其实大谬。伦敦地盘的构造像一个盆形，故名伦敦盆地。盆中都是为四边翘起中间凹下的地层填满。那些地层的构造对于造天然喷水井非常相宜。因为有这种天然的便利，所以当初有许多人家积居在伦敦盆地的中间，渐渐繁盛，于是才有今日的伦敦。巴黎之所以为巴黎，也可用同样的理由解释。

不要说这种大地方，就是极小的一个村落，一条道路的存在，只要仔细地考察，往往能找出地下的原因出来。比如一个小折皱，或是一个地层中的小裂缝，抑或一层特别的岩石的露头，都可为收集居民的原因。常在实地调查地质的人，都知道这种奇怪的事实。

综括以上种种，我们现在敢下一个断案。那就是地下的种种情形有左右地上居民生活状态的势力。那种势力的作用，常连亘不断。它的影响虽然不能见于朝夕，然而积久则伟大而不可抗。人类既是自然界的一部分，怎样能逃脱这种熏陶作育的势力？这种势力千变万化，运行各异其方。各地居民受其影响者，各具特殊之性。于是甲地的人民长于某种制造，乙地的人民工于某种美术，倘若各地人民逐渐发挥其天赋的本能，彼此和合，彼此补助。小而言之一地或一国的文化，大而言之全世界的文化乃得尽性尽量发展。我很希望政治学者、社会学者解决种种实际问题的时候，把我们现在所讨论的一层纳入考虑之中。我并且希望将来有机会根据这个原则来讨论中国的政治区域应如何划分。

阅读思考

动植物在世界上的分布主要受哪些方面的影响？

中国北方和南方人们的生活方式及性情有何差异？

轻松
导读

在人类智识幼稚之时，都有天圆地方之说，即认为地为平行，天覆于地之上，四海围绕其周围。随着时间的推移，人类渐渐认识到地球形同球状。牛顿依据重力法则和远心力的关系，断定地球应成扁球形状。扁球之短轴即旋转轴，赤道一带稍隆起。读完本篇，你将知道地球的短半径大约有多少、长半径有多少等知识。

地球之形状①

在昔人类智识幼稚之时，咸以为地为平形，天覆其上，四海寰其周，天圆地方之说，大约由是以起。巴比伦及希伯来之谈天者，皆主张与此类似之说。诗人何马（Homer）亦道及"瀛寰"，其信地为平形，大海寰之，似无可疑。及人类智识渐渐进步，观察渐渐锐敏，乃逐渐识破地平之说与日常经验大相凿枘。如人由南往北，或由北往南，见北极星宿迁移高度；又如船舶之向大洋中进行者，于"海天相接"之处，逐渐落于水

---

① 本文刊于《太平洋》第四卷，第十号，1924年。

平线下，终至不可睹。其他尚有种种现象，皆足与人以地球之概念。

首倡地形如球之说者，似为皮大果拉士（Pythagoras，即毕达哥拉斯，古希腊数学家、哲学家）。其后经亚力士多得（Aristotle，即亚里士多德，古希腊哲学家、科学家、教育家、思想家）多方论证，地球之说，始能成立。亚氏复引数学家计算之结果，谓地球之周，约长四十万司塔底亚（即四万六千英里），然当时信之者固寥寥也。

纪元前二百五十年时，埃及学者耶拉脱士亭（Eratosthenes，即厄拉多塞，一般认为他是古希腊天文学家、数学家，而且还是地理学家、历史学家）始计划一种方法，以实测地球之形状，其结果虽不精确，而其方法则传至今日，测地家咸袭用之。

依重力之法则及远心力之关系，牛顿断定地球应成扁球之状，扁球之短轴即旋转轴，赤道一带稍形隆起，其长轴与短轴之比应为229：230。海景（Huygens，即惠更斯，荷兰物理学家、天文学家、数学家）亦依重力之关系，推测赤道之径稍大，两极之径稍小，其比应为578：579。千七百三十五年（1735年），法国科学院之科学专家为考查地球究竟是否呈一扁球起见，特别组织二考查队，一赴秘鲁，测量赤道附近每一度所夹之弧长；一赴波罗的海北部之波土尼亚（Bothnia）湾，测量近于北极方面每一度所夹之弧长；以两方所得之结果相比较，乃得证实地球之形确属一种扁球，或与扁球类似之形状，赤道一带隆起之度较大。

自兹以后，地球为一种扁形球体之说，学者虽认为已经证实，然究竟呈何种扁形，则仍属疑问。加可比（K. G. Jacobi，即雅可比，德国数学家）从动力学方面证明匀质流体旋转之时，其平衡之形状，不限于扁球、椭球之三轴成某一定之比，并在某一定旋转之时间者，若依其最短之轴旋转，亦可入于平衡之状态。地球为三轴椭球之说，由是而得力学上的根据。唯地球既非匀质之流体，则加氏之假定，似乎根本不能成立。况就现今大陆与海洋分配之情形而论，非独三轴椭球一见而知其不能与地球之表面符合，即任何数理上之形状，恐亦未能与地表实际之形状一致。

无已，吾人只可求一较为近似且较为简单之数理上的形式以为代表，是则舍扁球而外无他也。若由法、英、俄、印度、南非、秘鲁各处所测之子午弧线推算（照前法），则：

地球之短半径，亦即南北极方向之半径应为6356583.8 米达（meter，即米）；

地球之长半径，亦即赤道之半径应为6378206.4 米达；

长短半径之比，亦即扁度应为294.98 : 293.98。

关于地球之形状，据吾人所知，盖有如此。乃近日报传有某某三君，经数年研究之结果，否认地为圆形，并否认自转公

转等事实，得某某商会之助，制成新式时辰表一架以定时刻，

一若为世界上一大发明者。三君能将其破天荒之学说及其制造

一公诸世乎？

阅读思考

牛顿认为地球呈什么形状？

在人类智识幼稚时期，认为地球呈什么形状？

考察人类的起源，可以查看猴子进化的历史。加拿大解剖学家布拉克发表一篇文章，搜罗一切关于古代猴子分配的事实，并说明分配的原因。种种的事实表示，人类的传播，是由亚洲的中央向四面八方移动的。从本篇的阅读中，我们将知道布拉克的讨论共分哪几步，也能知道布拉克学说中认为与现今人类的发育最有关系的是哪两种猴子。

人类起源于中亚吗？ [1]

近几年来，因为美国纽约天然历史博物馆的第二次亚洲探险队，在蒙古和天山北路一带，发现了许多爬虫和哺乳动物的遗骸；并且证明北美古代的爬虫有许多是亚洲种的后裔；一般研究高等动物进化程序的人，越觉得中亚是大多数高等动物发祥的地方。人类学者对于此种发现，尤觉饶有趣味。就是第三次亚洲探险队的领袖安竹士氏（即安德鲁斯，R. C. Andrews,

---

[1] 该文发表在《现代评论》第三卷，第78期，第4—7页，1926年。

美国探险家、博物学家）自身，也曾再三声明，说他们到蒙古最大的目的，正是想证明这种假定根本不错。他们还抱着极大的希望，去找人类始祖的遗骨。

中国领土内的发掘事业，是不是应该烦外国人代劳，第三亚洲探险队的目的，是不是纯粹限于科学事业，我们虽不敢断言，但是，我们可以说，他们的工作，对于哺乳动物和人类的发达史的确有不少的贡献。从他们过去的成绩，不难推测他们工作的情形和他们主要的目的。

提起人类起源的问题，除了无知无识者和一班宗教家外，（特别自称为原始信徒"Fundament Alist"者）恐怕没有多少人不联想到猴子的身上去。可是猴子的种类很多，各种猴子与人相去的程度也不大相同。达尔文曾经说过：最高级的猴子与最低级的猴子相比，它们的差别，恐怕较最高级的猴子与最低级的人类的差别还要大。所以考查人类的起源，在一方面固然可以从人类自身追溯，而另一方面还少不了要查猴子进化的历史。在现在这个世界上生存的猴子，种类已经不少；还有许多种类，久已灭迹了。所以我们如若想研究猴子的发达史，除动物学上的工作外，还得要借重古生物学。北京协和医学校的布拉克（D. Black，即步达生，加拿大解剖学家，1919年到中国任北京协和医学院教授）氏，最近在中国地质学会会志第四卷第二号上，发表了一篇文章，搜罗一切关于古代猴子分配的事实，并说明其如何分配的原因，极得要领。凡属留心人类起源者，似乎不可不一读。

布拉克的讨论，共分三步。第一，由现今世界的地势点说猴子与猿人传播的情形。第二，从古代的地势观察它们传播的程序。第三，论到古亚洲大陆（Palasia）的形状组合对于猴子的进化及其传播应有的影响。

在第一步的讨论中，布氏根据雷德卡（Lydekker）和马太（Matthew）的意见将赫胥黎（Huxley）所谓大北动物区域（Arctogaea）及大南动物区域（Notogaea）分为五大区：（一）全北区（Holarctic），包括北亚、中亚、欧洲全部、非洲北部、美国的大部分及墨西哥的北部；（二）远东区（Oriental），包括中国南部、印度及南洋群岛；（三）南非区（Ethiopian，又译埃塞俄比亚界），包括非洲中部、南部及马达加斯加群岛；（四）澳大利亚区（Australian）；（五）新热区（Neotropical），包括中美及南美全部。

现在生存于这些区域的猴子，以及在这些区域中已经发现的猴子化石种类虽然不少，但其中最著者的分配，都有一个相同的系统。例如，狐猴类（Prosimiae，原猴亚目）中现在生存各种，几乎有一半都限于马达加斯加群岛；其余有若干分布于非洲大陆，若干分布于远东区的东南境。而在此两区域生存的狐猴，不独无同种，并且无同族，证明它们共同的祖宗，必定久已消灭。在全北区中，现在绝无狐猴。可是在中国北部以及北美欧洲都有初级狐猴生存的遗迹。那些初级的狐猴，皆属于古新乃至初新时代。就进化的阶段讲，它们发育的程度，大致相等；而它们一部分散布于美洲的北部，一部分散布于欧洲，无怪乎马太、斯特苓（Stehliu）诸氏相信此等猴类，必有共同的祖先，那些祖先发祥之地，应该在欧洲与北美间之某处，中亚细亚喜马拉雅山以北一带，恰合这种条件。

其次，布氏说及广鼻猴类（Platyrrhine，今译阔鼻猴）。这种猴类的分布，全限于新热区。它们与人类的起源无关，自不必说。与人类有直接关系的猴子，乃是狭鼻猴类（Catarrhine）。其中猕猴（Cercopithecidae），人猿（Simudae）两族，与现今人类的发育最有关系。

猕猴可分为两亚族。其一体格较小，又称为小猕猴宗（Semnopithecinae）。其他体格较大，可称为大猕猴宗（Cercopithecinae，今译猕猴亚科）。古代小猕猴的遗骸，曾经发现于波斯、希腊、意大利及埃及等处。它们都属于次新（Miocene，今译中新世）及更新（Pliocene，今译上新世）时代。现今的小猕猴，分为两支，一支无拇指，分布于非洲。一支所谓天狗猴（Nasalis）类，其分布限于远东区。俾路芝（即俾路支，位于巴基斯坦西南部）到红海一带，绝无小猕猴的踪迹。所以从小猕猴在古代及现在分布的情形看起来，布氏唯有假定中亚为其发祥之地，才可说明其连续传播的事实。从大猕猴在欧亚非三洲分配的情形推论，布氏得了同样的结案。

再次，说到人猿族。此族中现今存在者，有长臂猴

（Hylobate），大猩猩（Gorilla），山般子（Anthroropitheeus），西猕猩猩（Simia）等类。其中大猩猩及山般子的分布，限于非洲赤道一带。长臂猴和西猕猩猩都在远东区的热带附近，如云南、安南、琼州，以及南洋群岛各处。这四类猴子，就其身体的构造而言，长臂猴最特别。大猩猩和山般子颇相类似。西猕猩猩与前说两类比较，相差颇大。所以布氏推测人猿族的祖宗必定发祥于非洲与远东区之间的地域；而且必定经过长时间的变化，它的子孙才发生今天体格上的差异。布氏这种的断定，有许多初级人猿类的化石以为证佐；那些化石产于印度的北部及欧洲的南部。它们都属于少新及次新时代。其中最有力的证佐，是有许多事实，表示欧洲的初级人猿，比它们在印度的同类，离祖宗发祥之地较远。

在第一步讨论中，布氏最后提及各色人类的分布。其中有三点最足以使我们注意：（一）一切现今的初级人种（Protomorph）如日本之虾夷（北海道旧称），非洲之学江（Fuegian，今译火地岛，位于南美洲最南端），南非洲之波脱久多（Botocudos，又译波托库多，南美的部族）都分配在全北区的边陲，或其附近。（二）现今已经发现的猿人化石，在东方的要算爪哇人（Pithecan-thropus erectus），在西方的要算皮尔道人（Eoanthropus Dowsoni，今译皮尔当人，发现于英国，但在1953年被认定为伪造品）及海得伯人（Homo Heidelbergensis，今译海德堡人，发现于德国）。这两批人类几乎同时传播到欧亚大陆的两端——大概第四纪的初叶——但是严格地讲起来，爪哇人到爪哇的时期，少许在先。皮尔道人和海德伯人到欧洲的时期，少许在后。（三）在爪哇曾经发见澳洲人的祖先。这些事实仿佛都表示人类的传播，都是由亚洲的中央向四面八方移动的。

布氏立论，完全根据马太意见。马太说："无论什么是使一个种族进化的原因，在那个种族发祥之地（也可说是他传播的中心），他的进步常常最快；并且在同地应其环境的变更继续进步。每次进步，必致较高级的种族同外传播，仿佛波浪。所以在一定的时候，最高级的种族，离传播的中心最近。最守旧的种族，离传播中心最远。"根据这种意见去看以上所述各项事实，我们似乎不能不承认布氏的结论；那就是自第三期的初期以至近代人类发生之日，中亚细亚为大多数高级动物发祥之地。

布氏第二步的讨论，是利用葛利普氏所编的古代地势沿革图。葛氏的地图，是专从无脊动物的分配上研究得来的。然而他所表示的海陆变迁，恰与布氏理论上所要的条件相合。即此一端，越觉得人类起源中亚之说可靠。

布氏第三步立论，多为他个人的理想；待证实的点颇多。现在我们在此似乎不必详论。

轻松
导读

人们都以为我们住在地壳的表面，其实我们住在地中。我们的上方还有一层空气包围着，这层气壳厚度在三四百公里以上。地壳可分为两层，即里壳和表壳。表壳由酸性岩石构成，如花岗岩之类。里壳由基性岩石如玄武岩玻璃之类构成。阅读本章内容，我们将了解到有关地壳的相关知识。

地壳的观念①

人们都以为我们住在地壳的表面，实际上我们并非住在地面，却住在地中。我们的头上还有一层空气压着我们，包着我们。这层气壳的厚度，大致在三四百公里以上，不过越向上走，气壳的密度越小，压力也越小，高到四五十公里的地方，气压已经比一厘米水银柱的压力还小。我们住在气壳底下，正

---

① 本文节选自《地壳的概念》（《武汉大学理科季刊》，第2卷，第9期，1931年）的第一部分和最后部分，可参照《地球的概念》（《天文、地质、古生物》，资料摘要［初稿］，科学出版社，1972年）阅读。

和许多海洋生物住在海底，抑或蚯蚓之类住在土中相类。气壳的组成，并非上下一致的。下部氧气较多，所以生物得以生活。越往上走，氮气越多，到一百公里以上，几乎完全是氮气。再上氮气（He），更上氢气（H）成了主要的成分，严格地讲起来，这一圈大气，要算是地球的皮表；要算是地壳，但是因为流质的关系，普遍不认它是地壳。我们不独不认大气层为地壳，连那海洋也不认为地壳的一部分。

实际上所谓地壳者，虽无严密的定义，然大致可说是指地球上部由普通岩石组成者而言。普通人所见者，只是岩石层的表面。地质家所见者，也不过从最新的地层到最老的地层以及各种所谓火成岩，一名凝结岩。那些极新的地层到极老的地层在一个地域总共的厚度，至多也不过二十余公里。然则我们怎样知道地下还有类似地表的岩石？又怎样知道这些岩石往下伸展到一定的厚度？更怎样知道地下是固质或液质抑或气质造成的？这些问题如果都是悬案，我们有何理由说出地壳的名词。

然而地壳的名词，久已被人用了。用着地壳这词的人们，不见得对于地壳有极明显的了解。只是揣想着地下的材料总和在地表露出的材料不同。这种观念的发动，大约一面受了星云学说的影响，一面又因为火成岩和地温的分配，似乎地下越到深处，温度越高，若温度超过一定的限度，一切的固质，不免变为流质，火山爆裂，岩流进出，骤然一看，似乎都可以作流质地球的证据；而所谓地壳者，正如地壳包着卵白、卵黄。可是天体力学者告诉我们，这样鸡蛋式的地球，是不能成立的。如果地球简直像鸡蛋式的构造，它早已受不起旋转和日月吸引的力量，它绝不能成现在这样的形状。

传统思想，如此的混沌。因之，对于地壳这一个名词，我们不敢任意接受。我们如若还想利用这一个名词，不能不做进一步的追求。且看我们能否替它找出相当的意义，地壳的命运，就决定在这些。我们没有方法去打极深的地洞，看里面的情形。现在世界上用人工凿出最深的地洞，也不过两千多米。地球如此之大，就是再凿穿两千米，也算不了一回事，况且越到深处，工作的困难，增加越多。我们还要知世界上有许多的事物，我们尽管能看见，能直接地感触，我们不见得就能认识，就能了解。观察是一回事，了解又是一回事。所以要看地球内部的情形，不能用肉眼，只能用智眼，不能直接地检查，只好用间接的方法探视。间接的方法，可分为下列几项，当然，仅就重要者而言：（一）地温；（二）岩石的分配；（三）地震；（四）均衡现象（内文均从略）。

依前述种种观测判断，地球的表面，除了大气层和海洋之外，确有较轻的岩石，造成地壳在大陆方面。地壳可分为两层，其间界限，不甚清楚，一名里壳一名表壳，表壳由酸性岩石，如花岗岩之类造成。里壳由基性岩石如玄武岩玻璃之类造成。在海洋方面，尤其是太平洋方面，似无表壳，只有里壳。大西洋为比较的一个新成的海洋，所以情形稍有不同。

表壳的厚度，至少有十五公里，也许到二十公里以上。里壳的厚度，大致与表壳相等。两壳总共的厚度至少有三十公里，也许厚到四十五公里。这是就普通的厚度而言。在特别的地方，它的厚薄，也许不是完全一致，不过不能超过此限太远。地壳以下，便是极基性而且甚重的岩石，与造成地壳的材料、性质颇有差异，现在我们所知道的情形，如是而已。

阅读思考

人们使用地壳这一名词，大约受哪些方面的影响？

用间接的方法探视地球内部有哪几种？

**轻松
导读**

　　想要培养儿童对科学的兴趣，首先要培养儿童对祖国、对劳动人民的热爱。唯有如此，孩子才能无私地去钻研科学，用科学的成就来为祖国做贡献。学校和家庭的教育应该培养儿童对自然的兴趣。在儿童好奇探求自然界知识时，应该用恰当的方法加以诱导。本节内容会说到沙土游戏、建筑游戏对孩子有哪些帮助。

如何培养儿童对科学的兴趣①

　　要培养儿童对科学的兴趣，首先要培养儿童对祖国、对劳动人民的热爱。也只有具有这种热爱的人，才能无私地去钻研科学，用科学的成就来发展祖国的生产能力，提高文化水平，从而把那些宝贵的成就贡献给全体人类，丰富他们的生活。这样才能充分地发挥无产阶级领导的社会中儿童的高贵品质。

────────────────────

　　① 该文于1952年5月31日发表在《人民日报》上。文章虽然不长，但反映了李四光教授关心新中国新一代的成长。他十分重视对少年儿童的教育，指出首先应该是德育教育，接着是智育教育。文章反映了李四光教授对培养新中国科技人才的长远目光。

应当使儿童从很幼小的时候起，就注意到自然的伟大。家庭和学校的教育应该培养儿童对自然的兴趣和改造自然的愿望。在儿童好奇探求自然界知识的时候，应该加以诱导，应当利用游戏和玩具来发展儿童对于自然的认识和创作的要求。譬如建筑的游戏，可以培养思考和想象力；沙土的游戏，可以初步的发展改造世界的要求和愿望；飞机模型的创造，可以增加儿童对于航空机械的兴趣；而庭园种植花卉的劳动，大自然中的旅行，工厂的参观，都可以培养儿童对于大自然的爱，对于祖国的爱，对于科学的兴趣。有许多儿童从小就有将来做科学家的愿望，这是好的，但必须好好地培养。我们科学工作者们，应该帮助学校培养儿童对科学的兴趣。譬如与儿童会见，给他们讲科学发明的故事与新的科学成就，帮助儿童进行科学的实验和创造活动等。

新中国的儿童，是完全有条件在科学上发展自己的才能的。为了获得科学的成就，我们还须更艰苦和更坚决的努力。苏联的伟大生物学家米丘林，伟大的生理学家巴甫洛夫一生的奋斗，对于这种必需的毅力，就提供了很好的榜样。伟大的无产阶级导师马克思、恩格斯、列宁的一生奋斗的事迹和伟大的理想，更辉煌地照耀着我们儿童们光辉灿烂的前途，我为新中国幸福的儿童们欢呼。

你知道石油是如何形成的吗？石油的沉积，需要一个较长时期，并且要处于深浅适中的地槽区域，所以要找大地槽的边缘地带和比较深的大陆盆地。这些区域还应有比较适当温度湿度，以利于有机物的生长。通过阅读本节内容，我们将知道有关石油的知识。

轻松导读

大地构造与石油沉积[1]

　　自从苏联古布金院士把石油地质科学发展成为一个专门科学之后，我们对于石油地质的研究，就高度专业化了。我在这方面很少研究，今天我的发言，只能够从一般地质构造观点提出一些有关问题，希望这些问题的提出，对我们石油勘探远景

[1] 该文原载《石油地质》，1955年，第16期。在20世纪50年代，李四光教授运用地质力学理论指导了全国石油地质普查的战略选区工作。1954年2月，他在石油管理总局作的题为"从大地构造看我国石油资源勘探的远景"的报告，本文选自报告的"引言"部分，题目为编者所加。

计划，有些帮助。

大家知道，我对大地构造是有些特殊的看法，因此我要求专家和同志们给我一些耐心。

现在在提具体问题以前，我先提出两点，这两点对我们石油勘探工作的方向，是有比较重要的关系。

第一，是沉积条件；第二，是构造条件。这两点当然不是彼此孤立的，而是相互联系的。为了方便起见，我把这两点分开来谈。

大家知道，对于石油成生的沉积条件，最重要的是需要一个比较长时期，同时不是太深，也不是太浅的地槽区域，便于继续进行沉积和便于转变为石油的机会。因为需要不太深也不太浅的条件，所以我们要找大地槽的边缘地带和比较深的大陆盆地。对这些地域的周围，同时还要求比较适当的气候、适当的温度和湿度，以便利有机物的生长。这种气候的存在和动植物的生长，是可以从有机物质在岩层中，如化石的多少，表现出来的；如由煤、油页岩等表示出来，就是说从岩层中所含的有机物的多少，可以看出沉积的情况。以上是关于第一点的概略说明。

其次构造条件方面，应该从三方面考虑：（1）即大型构造，如盆地、台地、地槽；（2）中型构造，如断层、节理、片理、小的断层和结构面等；（3）更小的构造，如颗粒的排列方式，孔隙存在的情况，包括用光学和其他适当的方法来检定岩石颗粒排列的方向——这是属于岩组学的领域，从这一方面得出的结果，往往对阐明流质在岩层中运动的方向有很大的帮助。这三方面的研究，是不应该孤立的，而是应该相辅而行的。

阅读思考

对石油勘探工作有重要关系的是哪两个方面？

在构造条件方面应从哪三个方面考虑？

轻松导读

地球的周围有一圈大气，即气圈。气圈下面，是石圈。除了气圈和石圈，还有水圈。地球的直径有一万二千多公里，可是到现在，我们眼睛所能钻进石圈的深度，至多十几公里。那么，关于地球的起源，有哪些猜测呢? 越往地球深处，温度越高吗? 这些我们能从本章内容中找到答案。

看看我们的地球[①]

地球是围绕太阳旋转的九大行星[②]之一，它是一个离太阳不太远也不太近的第三个行星。它的周围有一圈大气，这圈大气组

[①] 该文是李四光教授给少年儿童写的一篇科学小品。文章深入浅出地介绍了地球的结构和在太阳系中的位置，以及它的起源的不同学说，编入《科学家谈二十一世纪》一书，由上海少年儿童出版社出版，1959年10月。

[②] "九大行星"，是在2006年8月24日国际天文学联合会大会召开之前的九颗行星的合称，在此次会议上经过投票表决，冥王星被降级为矮行星，至此太阳系只剩下八颗行星。"九大行星"的说法已经成为历史，取而代之的是"八大行星"。

成它的最外一层，就是气圈。在这层下面，有些地方是由岩石造成的大陆，大致占地球总面积的十分之三，也就是石圈的表面。其余的十分之七都是海洋，称为水圈。水圈的底下，也都是石圈。不过，在大海底下的这一部分石圈的岩石，它的性质和大陆上露出的岩石的性质一般是不同的。大海底下的岩石重一些、黑一些，大陆上的岩石比较轻一些，一般颜色也淡一些。

石圈不是由不同性质的岩石规规矩矩造成的圈子，而是在地球出生和它存在的几十亿年的过程中，发生了多次的翻动，原来埋在深处的岩石，翻到地面上来了。这样我们才能直接看到曾经埋在地下深处的岩石，也才能使我们能够想象到石圈深处的岩石是什么样子。

随着科学技术不断地发达，人类对自然界的了解是越来越广泛和深入了，可是到现在为止，我们的眼睛所能钻进石圈的深度，顶多也还不过十几公里。而地球的直径却有着12000多公里呢！就是说，假定地球像一个大皮球那么大，那么，我们的眼睛所能直接和间接看到的一层就只有一张纸那么厚。再深些的地方究竟是什么样子，我们有没有什么办法去侦察呢？有。这就是靠由地震的各种震波给我们传送来的消息。不过，通过地震波获得有关地下情况的消息，只能帮助我们了解地下的物质的大概样子，不能像我们在地表所看见的岩石那么清楚。

地球深处的物质，对我们现在生活上的影响较少。和我们关系最密切的，还是石圈的最上一层。我们的老祖宗曾经用石头来制造石斧、石刀、石钻、石箭等从事劳动的工具。今天我们不再需要石器了，可是，我们现在种地或在工厂里、矿山里劳动所需的工具和日常需要的东西，仍然还要往石圈里要原料。只是随着人类的进步，向石圈索取这些原料的数量和种类都是越来越多了，并且向石圈探查和开采这些原料的工具和技术，也就越来越进步了。

最近几十年来，从石圈中不断地发现了各种具有新的用途的原料。比如能够分裂并大量发热的放射性矿物，如铀、钍等类，我们已经能够加以利用，例如用来开动机器、促进庄稼生长、治疗难治的疾病等。将来，人们还要利用原子能来推动各种机器和一切交通运输工具，要它们"驯服"地为我们的社会主义建设服务。

这样说来，石圈最上层能够给人类利用的各种好东西是不是永远采取不尽的呢？不是的。石圈上能够供给人类利用的各种矿物原料，正在一天天地少下去，而且总有一天要用完的。

那么怎么办呢？一条办法，是往石圈下部更深的地方要原料，这就要靠现代地球物理探矿、地球化学探矿和各种新技术部门的工作者们共同努力。另一条办法，就是继续找寻和利用新的物质和动力的来源。热就是便于利用的动力根源。比如近代科学家们已经接触到了的好些方面，包括太阳能、地球内部的巨大热库和热核反应热量的利用，甚至于有可能在星际航行成功以后，在月亮和其他星球上开发可能利用的物质和能源等。

关于太阳能和热核反应热量的利用,科学家们已经进行了较多的工作,也获得了初步的成就。对其他天体的探索研究,也进行了一系列的准备工作,并在最近几年中获得了一些重要的进展。有关利用地球内部热量的研究,虽然也早为科学家们注意,并且也已做了一些工作,但是到现在为止,还没有达到大规模利用地热的阶段。

人们早已知道,越往地球深处,温度越发增高,大约每往下降33米,温度就升高1摄氏度(应该指出,地球表面的热量主要是靠太阳送来的热)。就是说,地下的大量热量,正闲得发闷,焦急地盼望着人类及早利用它,让它也沾到一分为人类服务的光荣。

怎样才能达到这个目的呢?很明显,要靠现代数学、化学、物理学、天文学、地质学以及其他科学技术部门的共同努力。而在这一系列的努力中,一项重要而首先要解决的问题,就是要了解清楚地球内部物质的结构和它们存在的状况。

地球内部那么深,那样热,我们既然钻不进去,摸不着,看不见,也听不到,怎么能了解它呢?办法是有的。我们除了通过地球物理、地球化学等对地球的内部结构进行直接的探索研究以外,还可以通过各种间接的办法来对它进行研究。比如我们可以发射火箭到其他天体去发生爆炸,通过远距离自动控制仪器的记录,可以得到有关那个天体内部结构的资料。有了这些资料,我们就可以进一步用比较研究的方法,了解地球内部的结构，从而为我们利用地球内部储存的大量热量提供可能。

在这些工作获得成就的同时，对现时仍然作为一个谜的有关地球起源的问题，也会逐渐得到解决。到现在为止，地球究竟是怎样来的，人们做了各种不同的猜测，各人有各人的说法，各人有各人的理由。在这许多的看法和说法中，主要的要算下述两种：一种说，地球是从太阳分裂出来的，原先它是一团灼热的熔体，后来经过长期的冷缩，固结成了现今具有坚硬外壳的地球。直到现在，它里边还保存着原有的大量热量。这种热量也还在继续不断地慢慢变冷。另一种说法，地球是由小粒的灰尘逐渐聚合固结起来形成的。他们说，地球本身的热量，是由于组成地球的物质中有一部分放射性物质，它们不断分裂而放出大量热量的结果。随着这种放射性物质不断地分裂，地球的温度，在现时可能渐渐增高，但当那些放射性物质消耗到一定程度的时候，地球的温度就会逐渐变冷。

少年朋友们，从这里看来，到底谁长谁短，就得等你们将来成长为科学家的时候，再提出比我们这一代科学家更高明的意见了。

我相信，等到你们成长为出色的科学家，和跟着你们学习的下一代和更下一代的年轻科学家们来到世界的时候，人们一定会掌握更丰富更确切的资料，也更广泛、更深入地了解了地球本身和我们太阳系的过去和现在的状况。这样，你们就有可能对地球起源的问题，做出比较可靠的结论。

也可以相信，再经过多少年，人类必定会胜利地实现到星际去旅行的理想。那时候，一定会在其他天体上面发现许多新的生命和更多可以为我们利用的新的物质，人类活动的领域将空前地扩大，接触的新鲜事物也无穷无尽的多。这一切，都必定使人类的生活更加美好，使人类的聪明才智比现在不知要高多少倍，人类的寿命也会大大地延长，大家都能活到一百几十岁到两百岁或者更高的年龄。到那个时候，今天那些能够活到七八十岁的老人，在这些真正高龄的老爷爷眼前，他们也就像你们的教师在今天的老人前面一样要变成青年人了。

少年朋友们，你们想想，这么大的变化，多有意思啊！

我们不能光是伸长脖子，窥测自然界奇妙的变化，我们还要努力学习，掌握那些变化的规律，推动科学更快地前进，来创造幸福无穷的新世界。

阅读思考

越往地球深处，温度越高吗？

关于地球究竟是怎样来的，人们都有哪些猜测？

轻松导读

在宇宙空间中，分散着形形色色的天体和物质。如今的宇宙，是其中每一团、每一点物质在发展过程中的一个剖面的总和。这个总和，不仅具有空间意义，而且具有时间意义，今天我们所见到的天空的面貌，不是天空真正的面貌，有的已成为过去。本章内容中，我们将知道光年是时间单位还是距离单位，宇宙中的天体物质为什么具有时间的意义。

从地球看宇宙①

在宇宙空间中，分散着形形色色的天体和物质，都在运

---

① 1969年5月19日，毛泽东主席请李四光教授去谈话，谈的是有关自然科学方面的问题。谈话结束时，毛主席提出要看他写的书，并请他汇编一本国内外有关他研究范围的资料。李四光应允，并于1970年3月完成此书。该书共分七篇：一、从地球看宇宙；二、启蒙时代的地质论战；三、总结地层工作的要点；四、古生物及古人类；五、三大冰期；六、地壳的概念；七、地壳构造与地壳运动。文中引述了天文、地质、古生物等方面的有关资料，所以定名为《天文、地质、古生物资料摘要》（初稿），文中还阐述了地质科学在其发展过程中所存在的一些问题，并提出了他的一些见解。该书于1972年9月由科学出版社出版，此文为一部分的节选。

动，都在变化。就某种特定的形态而言，有的正在生长，有的达到了成熟的阶段，有的已经消逝。我们今天看到的宇宙，是其中每一团、每一点物质，在有关它们各自历史发展过程中的一个剖面的总和。这个总和，不仅具有空间的意义，而且具有时间的意义。其所以具有时间意义，是因为分布在宇宙空间的天体和物质，距我们有的比较近，有的很远很远，尽管光的速度很大，可是这些光传递到地球需要长短不等的时间。因此，我们同一时间，通过它们各自发出的辐射所获得的印象，是前前后后相差很远很远的时间的印象总合起来的一幅图像，在这个相差很远很远的时间中，不但恒星、星系等的形象有所变化，它们彼此的相对位置，在几十万年，甚至几万年中，也大不相同。可以断定，今天我们所见到的天空的面貌，不是天空今天真正的面貌；有的已成过去，有些新生的东西，还要等待很久很久以后，才能在地球上看见。

天文工作者用来衡量宇宙空间距离的单位之一是光年。光的速度每秒2.997925×10^5公里（约三十万公里），一年的时间内光的行程叫作一光年，即9.46×10^{12}公里（近十亿公里）。近代天文工作者们，用来观察宇宙的工具，有各种类型的望远镜，其中有大型反射镜，还有各种特制的光谱分析仪，可以用来测量发光天体的温度、组成物质和运动等。最近二十年来，射电望远镜发展很快，利用这种工具的设计和使用，已经成了一项专业，叫作射电天文。射电"望远镜"实际上并不是什么望远镜，而是装上了特殊形式天线的无线电波接收器。第二次世界大战的后期，已经有人利用雷达装置来侦察来袭的飞机和导弹，现在的射电望远镜，就是在雷达接收装置的基础上发展起来的。射电望远镜能探测的电磁波范围，和光学望远镜不同，所以它不能代替光学望远镜所能做的工作。

天文工作者们使用这些工具进行探索宇宙物质形态和运动已经多年了，他们逐步摸索出来了一些观测和研究方法，获得了一些比较可靠的成果。

最近，宇宙飞行技术的发展，对天体，特别是对我们太阳系成员的研究（包括行星、卫星和彗星），提供了新的途径，发挥了其他方法所不能起的作用；对于恒星的观测，也起了某种作用，因为在地球大气之外，能接收和分析那些被地球大气滤掉而不能到达地面的X射线， γ射线、远紫外辐射等。

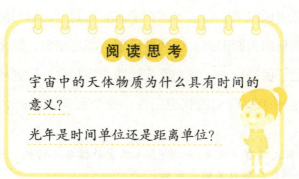

阅读思考

宇宙中的天体物质为什么具有时间的意义？

光年是时间单位还是距离单位？

轻松导读

　　到现在为止，地质工作者所能直接观测的地壳范围，只限于地球的表层。这个表层，只占地球表面极薄的一面。但正是这一薄层的物质和结构形式，却反映了地球在它长期发展过程中，内部和外部各种变化正负两方面的总和。你能说出地球在长期发展过程中，内部变化是什么吗？外部变化呢？

地壳①

　　原始地球，有些人认为表面有全球性的海洋覆盖，后来才划分海陆。也有些人认为，所谓全球性海洋，纯属无稽之谈，自从地球形成以来，有了水就有了海陆的划分，海与陆，是原始地球固有的表面形态。这两种设想，都是空想，都无可靠的根据，也不值得议论。我们现在谈地壳的问题，只好从实际出发，从地球表面现实的状态出发，这个现实的状态，至少在

① 本文摘自《天文·地质·古生物资料摘要（初稿）·地壳的概念》第一部分，题目为编者所加。

二十几亿年以前，已经基本上形成了。自此以后的地球，只是在有了岩石壳、陆地、海洋、大气的基础上向前发展。

地质工作者所能直接观测的范围，到现在为止，只限于地球的表层。这个表层，只占地球表面极薄的一层。但是，构成这一薄层的物质和它结构的形式，却反映了地球在它长期发展过程中，内部和外部各种变化正负两方面的总和。内部变化，主要是建造性的，但有时既有建造作用，又有破坏作用，例如岩浆（即炽热的熔岩）上升，或并吞和熔化上层某些部分，继而又凝固；或侵入上层，破坏了它的完整性，同时又把它填充、胶结起来，而成为一个新的、更复杂的整体。外部变化，在大陆上，主要是破坏性的，而在海洋中，主要是建造性的。但有时与此相反，在大陆上某些地区，特别是在干旱和低洼地区，被破坏了的物质，积累起来而成为建造；在海洋中，由于海底潮流的作用，把已经形成的建造，部分地或全部冲毁，被潮流带到其他海域，再沉积下来。

所谓地球的表层，并没有明确的界线。概略地讲，就地质工作者直接观察的范围来说，在某些褶皱强烈的山岳地带，能观测的厚度不超过十几公里，而在另外一些地层平缓的平原地区，能直接看到的地层厚度那就很有限了。这样的厚度，比起地球的半径来说，那是微不足道的。还必须指出，人们能直接观测的厚度，仅仅是地球表层的上部。究竟表层有多厚？也没有明确的界线，更谈不上地壳的厚度。但是，我们可以从这个能见到的表层中，找出与地球漫长的历史发展过程有关的资料。

很早以来，人们从地球的表层所得到的印象，逐渐形成了地壳的概念。随着地质科学的发展，地壳的概念逐渐变得比较明确了。但至今还很难指出全球地壳的厚度究竟有多大，控制地壳形态的主要因素又是如何。现在，综合各方面的探索结果，来看我们今天对地壳的认识达到了什么程度。

阅读思考

地球在长期发展过程中的内部变化是什么？

地球在长期发展过程中的外部变化是什么？

一团高温的物质逐渐冷却，在地球表面结成了壳子，就叫地壳。据此推测，从表面到地球深部，温度就必然越来越高。从钻探和开矿的经验看，越到地下，温度确实越来越高。但地温增加的情形各不相同，同在一地又随深浅而不同。阅读完本文，你能指出地壳的上层和下层主要由什么组成的吗？根据地热的情况，地壳的厚度大约是多少？

地热①

有一种地球起源的概念，到现在还占着相当重要的统治地位。就是说地球原来是一团高温度的物质，逐渐冷却，在地球表面上结成了壳子，这就叫作地壳。这样形成的地壳，从表面到地球的深部，温度就必然越来越高。从钻探和开矿的经验看来，越到地下的深处，温度确实越来越高。但地温增加的情形各地不同，同在一地又随深浅而有不同。地温每增加一度，往

---

① 摘自《天文·地质·古生物资料摘要（初稿）》第六部分《地壳的概念》，题目为编者所加。

下进入的深度名叫地温增加率，在亚洲大致40米上下增加1℃（我国大庆20米、房山50米），在欧洲绝大多数地区是28—36米增加1℃，在北美绝大多数地区为40—50米左右增加1℃。这个地温增加率，并不是往下一直不变的。我们假定每深100米地温增加3℃，那么只要往下走40公里，地下温度就可到1200℃。现今，世界上各处火山喷出的岩流，即使岩流的熔点因压力的增加而有所变化，温度大都在1000℃以上，1200℃以下。据实验结果，玄武岩流在40公里的深度下，它的熔点不过增加60℃。这个数字，看来对熔岩影响甚小，对上述的1000℃以上，1200℃以下的估计没有什么影响。根据地热的情况，地壳的厚度大约在35公里。

以上是从玄武岩的特点来推测地壳的厚度。现在从地球表面的热流和构成地壳各层岩石中所含放射性元素蜕变的发热量来探测一下地壳的厚度。地壳的上层，主要是由花岗岩类酸性岩石组成的，地壳的下层，主要是由玄武岩之类的基性岩石及超基性岩石组成的。

花岗岩之类酸性岩石，平均每1000000克每年由铀发出的热量为2.3卡，由钍发出的热量为2.1卡，由钾发出的热量为0.5卡，即平均每1000000立方厘米的花岗岩类岩石每年发出13.7卡的热量；玄武岩之类基性岩石以及其下的超基性岩石，平均每1000000立方厘米每年发出3.8卡的热量，其中超基性岩所发出的热量，占极小的比重。

地球表面的热流平均值为每秒每1平方厘米为1.25×10^{-6}卡（即每年每1平方厘米40卡），除了特殊的地热异常地区或地带以外，这个数值，最小的不小于0.8×10^{-6}，最大的不大于2.24×10^{-6}卡。用平均热流的数值乘地球全部面积，即得每秒热流总量为$1.25 \times 510 \times 10^{10} \approx 64 \times 10^{12}$卡（=每年$20 \times 10^{19}$卡），其中大陆方面占每秒$22 \times 10^{12}$卡，即每年$7 \times 10^{19}$卡。假定大陆壳上层的厚度为18公里，地壳下层厚度也是18公里，按上述地壳上下两层发生的热量计算，大陆壳发生的热量为每年5.4×10^{19}卡，差不多可以抵消它失去的热量的80%；可是大洋方面的情况就大不相同，如果假定大洋底上面平均有1公里厚的花岗岩类岩石，其下有5公里厚的玄武岩（实际上在广大的太平洋底只有玄武岩），有人计算过，构成大洋底地壳的岩石发生的热量，抵消大洋底失去的热量不到11%。

以上假定的大陆壳的厚度和海底地壳的厚度，当然是指平均的厚度，上述数据虽然不完全可靠，但也不是毫无根据，从地震观测所获得的大量事实（详后），与上述假定，大体上是相符合的。这样推测出来的大陆壳的厚度，与考虑玄武岩流所得出的厚度，也相差不大。

地球上自有生物以来，地面的平均温度，虽然有时发生较大的变化，如大冰期来临的时代，但至少最后三次大冰期并没有使比较高级的生物群灭亡，相反，有些新种族，特别发育。这说明尽管地面平均温度下降了，但下降的幅度，不会太大。

否则高级生物，很难继续生存下去，更说不上有所发展。

按前述构成地壳上下两层岩石含放射性元素的特点和它们的厚度来估计，地壳中岩石的发热量，是不够抵消地球失掉的热量的。那么，只有使用地球固有的热量来代偿不够消耗的数额，或者在地球内部不断发生发热的变化，来补偿消耗，才能保持地球表面的温度，不致不断下降；换句话说，在地热潜在储量的问题上，要地球"吃老本"，才能保持它表面温度。这样一来，就会导致到一定的时候，地球会开始趋于衰老的结论。归根到底，地壳就有不断加厚的趋势。

地球表面的热流量=地温梯度×岩石传热率

地温向下如何增加，决定于近地面的地温梯度和岩石的传热率，而近地面的地温梯度与地表温度有密切的联系，岩石的传热率基本上是不会变的，所以，如若地球表面温度没有显著的变化，地球表面的热流量也不会有显著的变化。然而事实上，地球表面的平均温度有变化，虽然变化不大，一般认为这种变化，主要是由太阳的辐射热决定的。

根据上述情况，我们可以说地球是一个庞大的热库，有源源不绝的热流。

地热与地温是有密切关系的。地下的等温面一般不是平面，而是随地区和地带起伏不同，同时等温面之间的间隔也是各处不等。在等温面隆起的地方，间隔较小的地方，可以说是热异常区。这种热异常区的存在，是比较普遍的，但是直到现在还没有开展普遍的调查。在这种热异常区，取出地下储藏的热能是比较容易的。事实上，我们在钻井中已经遇到大量的热水向外涌出，热水的温度从四五十摄氏度到一百多摄氏度不等，这样，从地下取出热水并不限于热异常区，在其他必要的地区，也可以同样进行勘测和开发。从地下冒出的热水，往往还含有有用的物质，如若能够有计划地加以调查研究，在适当地点加以开发和综合利用，对祖国的社会主义建设，肯定有很大的好处。同时，在这一方面的工作，我们将会站在世界的最前列。

阅读思考

根据地热的情况，地壳的厚度大约是多少？

地壳的上层和下层主要由什么组成的？

轻松导读

每一次地震都发出三种不同的震波，这三种波动传播的速率都不等。从震波传播的速度，可以推测传播它的物质的密度。根据实践的经验，固体既可以传播纵波，又能传播横波，而流体只能传播纵波，不能传播横波。读完本篇，你知道地震中的震波分别是什么吗？地震波在地球中传播的速度是匀速的吗？

地震波穿过地球各层的速度[1]

地震的震中，绝大部分深度不大，但也有少数地震是从地球深部发动的。每一次地震都发出三种不同的震波：第一种是纵波，又叫疏密波，它传播的方向和受震动的物质摆动的方向是一致的，好像音波一样；第二种是横波，又名扭动波，物质受这种波动而发生的摆动，并不与波动传播的方向一致，好像

---

[1] 本文节选自《天文·地质·古生物资料摘要（初稿）·地壳的概念》。

拿一条绳子让它摆动时，绳子各点摆动的方向和波动前进的方向是不一致的；第三种是表面波，这种波又分为两种，在此无须详述，它们仅仅在地面传播，当地震发生时，这种表面波破坏力较大。这三种波动传播的速率都不等，纵波最快，横波较慢，跟着来的就是表面波。所以，在离震中稍远的地方，它们到达的时间不同，因此从纵波和横波到达的时差，可以计算接收这两种波动的地点到震中的距离。

弹性物质传这两种波的速度，是与它们物质的密度（比重）和某些弹性系数各有一定的关系。它们都是与传播物质的密度（比重）的平方根成反比例。因此，从震波传播的速度，可以推测传播它的物质的密度。

以上这些事实，是经过无数次实践的经验完全得到证实，从理论上也可以得到证明。

另外，根据实践的经验，我们知道，固体既可以传播纵波，又能传播横波，而流体只能传播纵波，不能传播横波。

地震波传播的速度，在地球上各处看来稍有不同。从事地震工作的人们所提出的数据，也不完全一致，同一个人，不同时间提出的数据也不完全一致。不过，总体说来，只是大同小异。

另外有人认为：最上一层10—15公里，纵波传播速度大约每秒5.6公里，横波传播速度约每秒3.2公里，其下有不甚显著的不连续面，这个不连续面下的一层的厚度与上层大致相等，其传播速度是每秒6.2公里。

深度45公里左右，传播速度突然增加，不连续情况，极为显著。

从上列数据，可以看出：

（1）地震波在地球中传播的速度，一般越到深处越大。

（2）速度不是均匀增加的，而是达到某些深度时突然增大，达到核心表面又显著地减少。在那些深度，构成地球物质的性质显然有所变化，一般越深越重。

（3）这种突然变化及不连续的现象，标志着地球内部，可以划分为若干个同心的球形圈，其中，最上一圈的厚度，一般认为33—45公里，但有的地方较厚，如青藏高原达到60公里以上，而另外有些地方，厚度较薄，最薄的地方仅30多公里，个别地区更薄。这个最上的一圈，就是地壳。

（4）所有不连续面中，有两个不连续面特别值得注意。一个不连续面，有时称为莫霍面；另一个是深度在2898公里的不连续面，有时称为古天伯不连续面。这个不连续面以上，直到地壳的底部之间的球形圈，统称为地幔。地幔以下的部分，统称为地球核心。

（5）到现在为止，还没有得到横波穿过地球核心的可靠记录。

（6）在2898公里的不连续面以下，地球核心各圈的密度虽然增加很快，但传播纵波的速度，反而比在地幔下部传播的速度有显著的降低。

如若把地震波传播的速度和前述酸性岩和基性岩即硅铝层和硅镁层的分布情况结合起来考虑，似乎硅铝层和硅镁层或硅镁层的上部，都应属于地壳的组成部分。这样，就可以说，地壳的厚度，除了某些大洋或大洋中某些区域以及大陆上某些区域以外，大致可以认为，平均厚度不出30到40余公里的范围。这个数字，同地热方面推测的数字大致符合。

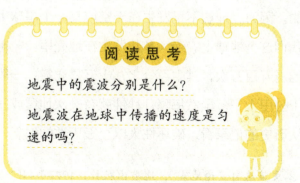

阅读思考

地震中的震波分别是什么？

地震波在地球中传播的速度是匀速的吗？

轻松导读

　　地震的发生与地质构造有密切关系。震源位置，绝大多数在某些地质构造带上，特别是在断裂带上。地震，是地壳运动的一种表现，其运动是由于一股加强的力，超过了岩石的对抗强度，导致地下岩石在一定部位，突然断裂。本章介绍了有关地震的知识，关于地震，我们可需要认真阅读了。

地震是可以预报的①

　　地震能不能预报？有人认为，地震是不能预报的，如果这样，我们做工作就没有意义了。这个看法是错误的。地震是可以预报的。因为，地震不是发生在天空或某一个星球上，而是发生在我们这个地球上。绝大多数发生在地壳里。一年全球大约发生地震五百万次，其中百分之九十五是浅震，一般在地下五至二十公里上下。虽然每隔几秒钟就有一次地震或同时有几次，但从历史的记录看，破坏性大以至毁灭性的地震，并不是

---

　　① 本文节选自《论地震》，地质出版社，1977年4月。

在地球上平均分布，而是在地壳中某些地带集中分布。震源位置，绝大多数在某些地质构造带上，特别是在断裂带上。这些都是可以直接见到或感到的现象，也是大家所熟悉的事实。

可见，地震是与地质构造有密切关系的。地震，就是现今地壳运动的一种表现；也就是现代构造变动急剧地带所发生的破坏活动。这一点，历史资料可以证明，现今的地震活动也是这样。

地震与任何事物一样，它的发生不是偶然的，而是有一个过程。近年来，特别是从邢台地震工作的实践经验看，不管地震发生的根本原因是什么，不管哪一种或哪几种物理现象，对某一次地震的发生，起了主导作用，它总是要把它的能量转化为机械能，才能够发动震动。关键之点，在于地震之所以发生，可以肯定是由于地下岩层，在一定部位，突然破裂，岩层之所以破裂又必然有一股力量（机械的力量）在那里不断加强，直到超过了岩石在那里的对抗强度，而那股力量的加强，又必然有个积累的过程，问题就在这里。逐渐强化的那股地应力，可以按上述情况积累起来，通过破裂引起地震；也可以由于当地岩层结构软弱或者沿着已经存在的断裂，产生相应的蠕动；或者由于当地地块产生大面积、小幅度的升降或平移。在后两种情况下，积累的能量，可能逐渐释放了，那就不一定有有感地震发生。因此，可以说，在地震发生以前，在有关的地应力场中必然有个加强的过程，但应力加强，不一定都是发生地震的前兆，这主要是由当地地质条件来决定的。

不管那一股力量是怎样引起的，它总离不开这个过程。这个过程的长短，我们现在还不知道，还有待在实践中探索，但我们可以说，这个变化是在破裂以前，而不是在它以后。因此，如果能抓住地震发生前的这个变化过程，是可以预报地震的。

可见，地震是由于地壳运动这个内因产生的。当然，也有外因，但不是起决定性作用的。所以，主要还是研究地球内部，具体一点儿说，就是研究地壳的运动。在我看来，推动这种运动的力量，在岩石具有弹性的范围内，它是会在一定的过程中逐步加强，以至于在构造比较脆弱的处所发生破坏，引起震动。这就是地震发生的原因和过程。解决地震预报的主要矛盾，看来就在这里。

这样，抓住地壳构造活动的地带，用不同的方法去测定这种力量集中、强化乃至释放的过程，并进一步从不同的途径去探索掀起这股力量的各种原因，看来，是我们当前探索地震预报的主要任务。

地应力存不存在？我们一次又一次，在不同地点，通过解除地应力的办法，变革了地应力对岩石的作用的现实状况，不独直接地认识了地应力的存在和变化，而且证实了主应力，即最大主应力，以及它作用的方向，处处是水平的或接近水平的。从试验结果看，地应力是客观存在的，这一点不用怀疑。瑞典人哈斯特，他在一个砷矿的矿柱上做过试验，在某一特定点上的应力值，原来以为是垂直方向的应力大，后来证实水平方向应力比垂直方向的应力大五百多倍，甚至有的大到一千倍。

构造地震之所以发生，主要是在于地壳构造运动。这种运动在岩层中所引起的地应力与岩层之间的矛盾，它们既对立又统一。地震就是这一矛盾激化所引起的结果。因此，研究力的变化、加强到突变的过程是解决地震预报的关键。抓不住地应力变化的过程，就很难预言地震是否发生。

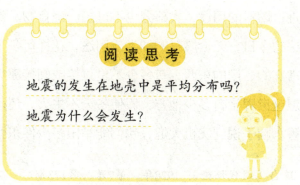

阅读思考

地震的发生在地壳中是平均分布吗？

地震为什么会发生？

燃料对于普通老百姓是很重要的，从日常说法"柴米油盐酱醋茶"的排列顺序可以看出来。燃料对于一个国家也是至关重要的，从历史上一些国家对别国的资源掠夺可以知道。燃料的种类很多，现今最重要的燃料还是煤炭和煤油。本章讲的就是有关燃料的种类、存储等知识。

燃料的问题[①]

自从人类知道用火，维持日常生活，最重要的物质，除了食料，恐怕要算燃料，至文化幼稚的时代，所谓燃料者，只是树木草卉；燃料的用途，大部分也不过烧一烧食物。到了物质文明发达的今日，无论燃料的种类或用途，花样可多了。试想我们日常穿的、用的东西，有多少不是直接或间接靠火力造成的？试想这世界上有多少地方，假使冬天不生火，还可以居住的？从香水胰子说到飞机大炮，我们能举出多少件东西与燃料

---

① 选自《现代评论》，1928年，第7卷，第173期。

绝对没有关系？是的，什么叫作物质文明，简直就是燃料里烧出来的。

这一件日常生活的必需物，这一种物质文明的老祖宗，久已成了世界上攘夺的目标，国际政策影射的焦点。法国人一定要抓住路尔可以说完全是为这样东西的缘故。日本人拼命掠夺我们的满洲，并且还要垂涎山东、山西，一部分的缘故，也在这里。燃料的问题，既是如此的重大，我们当此准备建设的时期，当应有充分的考虑。

燃料的种类很多。现今通用的，就形式上说，有固质、液质、气质三项的区别；就实质上说，不过木材、煤炭、煤油三大宗。其余火酒、草、粪（中国北方就有地方烧粪）等类，比较起来，究竟分量很少，用途也极狭隘。实际上算不算燃料，都没有多大的关系。

现今中国的工业，说好一点儿，不过刚刚萌芽。所需要的燃料，大部分都是供家常的消耗。所谓家常的消耗，大部分就是烧菜、煮饭、点灯而已。这一类的消耗，看起来是很小的事。然而那无数量的穷民，为了这一类的事，已经劳苦万状，有时候竟求之不得。乡下人向来把他们需要的东西，按紧急的程度，分了一个次序，叫作柴米油盐酱醋茶。他们偏偏要把柴搁在头一位。这是不是说柴有时候比米还重要呢？除了大荒年的时候，有钱总买得着米，然而在特别的地方，有钱竟买不着柴。米荒有人注意，柴荒从来没有人过问。这种奇怪的习惯，犹之乎有了厨房，不管茅厕一样的？

刚才说在特别的地方有钱买不着柴，其实我们要到乡下去看一看，就知道那样的事情，并不是很特别的。现在全国的矿业还是如此的幼稚，交通又是如此的不便。乡下人所用的柴，恐怕百分之九十九还不止柴草。一生居在都市的人们，也许不明白个中的实情，像我们乡下的穷人，才知道什么叫作"一粒的艰难，一草的辛苦"。费了九牛二虎之力，弄出两斗黄米，几升黑面，要是没法烧熟，教我们怎样好吃得下去。

然则要救济柴荒，有什么办法？一言以蔽之曰造森林。请看中国的土地如此其大，荒山荒野如此之多。除了那自生自灭的野草以外，还有什么东西长在山上？这岂不是证明中国人连栽几棵树的能力也没有吗？不错，这几年来，大家都有点儿觉悟，每逢清明的前后，全国的什么衙门、官署、公共机关，美其名曰植树节，闹得不亦乐乎。究竟植树的成绩在哪里？像这样闹了二十年的植树节，恐怕不会有两棵树长成的。

森林的培植，当然不仅仅为了供给燃料，要制造木材原料，要护山陵的崩泻，防止河流的游塞，造成幽美的风景，都非借森林的力量不可。在北方广漠的地方，如果能造成巨大的森林，竟能多少影响雨量，也是说不定的事。

森林的利益，谁也知道，用不着多说闲话。现在的问题是用什么方法，大规模地造林。更紧要的问题是：种了树以后，如何培植，如何保护。这自然是政府的责任，否，是政府应该请专家负担的责任。奖励造林，保护森林的法令，固然不可少；怎样造林、造什么林等技术方面的问题，也得即早研究，力大吹不响喇叭，石灰坑里养不活水仙花。不知道土壤的性质，不知道植物的特性，不管害虫的繁殖，不管植物生长的程序（Ecologic）。瞎干，蛮干，十年、八十年，也不会得着什么结果。

因为说起家用的燃料，我们就便说到森林。其实今天最重要的燃料，还是煤炭和煤油。

现今这个时代，还是煤铁时代。制造物质文明的原动力，最大部分就是出在煤身上。那么，要想看中国工业将来的发展，第一步恐怕就得考虑中国究竟有多少煤存在地下。煤不是能生长的东西，用了就完了。如果我们想保护将来的工业，绝不可把我们大好的煤田，随便糟蹋了。开煤矿是比较简而易举的工业，只要运输上有了办法，不愁它没有市场；所以假使我们要想从工业方面，实施中山先生的民生主义，头一件事，恐怕就免不掉建设铁路，开发几个大的煤田。英国的工业发达史上，已经给我们一个很好的例证。

因为中国的矿业，还没有发达；又因为中国的矿产，还没有详细的调查（近年来，虽然北京地质调查所有了相当调查的结果，大部分的人还不曾知道），一班人还在那里做梦，以为中国"地大物博"，矿产是取之不尽，用之不竭的。实际讲起来，中国的金属矿产，除了特种的矿物外（如锑、钨等类），并不能少年科学阅读丛书：
穿过地平线

算丰富，比较美国，那是差多了。唯有煤矿，无论就质的方面说，或就量的方面说，总算不错。就质的方面说：中国的无烟煤，差不多要占中国总煤量的四分之一，烟煤要占四分之三。就量的方面说：我们现在虽然不能说出一个很精确的数目，然而也曾有人估计一个大概。据民国十年，北京地质调查所的报告，各省地下储煤的总量，以一兆吨为单位，大致如下：

直隶（旧省名，1928 年，改省名为河北）	二三七〇
奉天（沈阳市旧称）	九八五
热河（旧省份，位于河北省、辽宁省和内蒙古自治区交界地带）	九三〇
察哈尔、绥远（中国原省级行政区）	四六〇
山西	五八三〇
河南	一七六五
山东	六八五
安徽	二〇五
江苏	一九〇
江西	八一五
浙江	一二
湖北	一三
湖南	一六〇〇
四川	一五〇〇
陕西	一〇〇〇
甘肃	一〇〇〇

黑龙江	一六〇
吉林	一六〇
云南	一二〇〇
贵州	一三〇〇
福建	一五〇
广西	五〇〇
广东	三〇〇
总计	二三四三五兆吨

以上的估计，未免失之太谨。要是宽一点儿计算，也许总数可以增一倍，那就是说中国储煤的总量，打宽一点儿，大概有四万五千兆吨。平常看起来，这个数目，可算得不小。在工业还没有萌芽的今日的中国，每年消费的煤量不过二十兆吨左右，这些煤，已经够我们用几千年。可是要和美国的总储煤量比较，全中国的储煤量，不过抵它的四分之一！这是许多人梦想不到的事。我们的工业发达起来的时候，煤的消费量自然也要增加。再过两三代人，中国最大的矿产——煤——难免不发生问题。然而发生问题不发生问题，是将来的事。现在的问题，是如何爱惜它，如何利用它。

在前表中，我们有几件事，应该注意。第一是北方的煤量，比南方差不多多一倍。山西一省的煤量，差不多要占北方各省总量的三分之一。山西煤最好的出路是青岛。那么，很明白了，为什么日本人要和军阀勾结侵略山东，觊觎山西。

在采煤的当地，比如山西的大同、阳泉，河南的六河沟，一吨煤不过值两三元。但在上海、汉口等处，一吨煤有时涨到二三十元，平常也要十几元。这完全是运输不便的缘故。采煤事业，既然是比较简而易举、靠得住有利的实业，将来铁路的布置，就应该以开发几个主要的煤田，为计划中的一件重要的根据。

煤的用途很多，里面的副产物都很贵重。假定以前所说的话是对的，假定在我们发展工业计划中，采煤是尽先举办的事业，当此准备建设的时期，我们对于全国的煤，就应该有一番彻底的调查和研究。如果来得及，设立一个专门研究煤的机关，纯粹从科学方面着手，也未始不可。那样一来，全国各大学各专门学校一部分的卒业生，还愁没有事干吗？何必要请学化学的去做知事呢？

以上是关于煤一方面的话。摩托发明之后，世界上燃料的需要发生新花样，摩托需用液质的燃料。航空的事业的骤然发展和海军设备更新以后，摩托的总马力数也骤然增加。如是弱小民族所有的油田，又成了国际政治上一个重要的争点。英国人死命地想抓住波斯的巴库，向来不关轻重的加利西亚，现在大家都往那里鼓眼挥拳，就是为了这个玩意。

中国的油田，到现在还没有好好地被研究。我们只听说陕西的延长和四川的自流井一带，有若井油者或盐油井。但是出量颇不见佳。虽然民国三年的时候，美孚油行在陕北的延长、肤施（旧县名，今天的延安市主城区为其辖境）、中部三县钻了七口三千尺以下的深井，然而结果并不甚好，他们花了三百万元，干脆地走开了。但是美孚的失败，并不能证明中国没有油田可办。就道路的传说，从新疆北部的乌苏、绥来、迪化（今天乌鲁木齐的旧称）、塔城一直到甘肃的玉门、敦煌、镇原等处都有出油的模样。

中国西北方出的油希望虽然最大，然而还有许多地方并非没有希望。热河据说也有油苗；四川的大平原也值得好好地研究；和"四川赤盆"地质上类似的地域也不少，都值得一番考察。不过油田的研究，到一定的步骤，非花一宗大资去钻探不可，中国现在要像美孚那样，花掉两三百万不算一回事，恐怕没有一家私人的营业敢说那一句话。那么，这种的事业，只好用国家的力量去干。

有一种石头，名叫含油页岩。这种石头，经过破坏蒸馏以后，也可取出多少油质。现今世界上因为煤油的需要很大，而攒油的供给有限，有若干地方已经开采这种含油页岩，拉它来蒸馏。日本人在抚顺现在就是用他们海军省的力量去干这件事。中国其他的地方，是不是出产此种岩石，这是要请教中国地质学家的。

总而言之，燃料的问题，无论在日常生计上或大规模的工业上，是再紧要不过的问题。我们不说建设就罢了，要讲到建设，对于这一件劈头的问题，马上就得想法子解决。到了世界上的煤和煤油用尽了的时候，科学家也许会利用原子以内的能力，也许会直接利用太阳的热能，也许有其他的方法代替燃料。不过在现在这个时期，在今日的中国，说那一类的话，还早着呢。

阅读思考

燃料的种类有哪些？

中国煤炭的储存总体是南多北少吗？

轻松导读

　　利用古生物遗迹和遗体来划分地层，对地质的历史做出了巨大的贡献。同一个时期的地层在地理条件不同的地区，沉积物的性质和厚度往往不同。像煤、铁、铝等固体矿物形成于固体矿床中，其次，还有一些液体和气体的有用矿物质资源存在于岩层中。你知道地质构造运动中，怎样形成山岳和平地吗？石油形成的有利地质条件是什么吗？那么快来看看下面的文字吧。

地质时代[1]

一、地质时代的划分

　　所谓地质时代，并没有严格的界线，一般是从最老的地层算起，直到最新的地层所代表的时代而言。最老的地层，当然包括变质岩层；最新的地层不包括冲积层。

　　广泛的实践经验证明，除了变质岩以外，许多不同时代建造的地层往往含有不同种类的化石，其中经常可以找出若干族

---

[1] 本文节选自《天文·地质·古生物资料摘要（初稿）》。

类、种类只出现于某一段地层或者仅限于某几层地层。根据这种普遍存在的现象，在每一个地区从事地质工作的人们，经常注意在地层中寻找化石或者化石群作为标志来和其他地区的地层对比。有些化石是很特殊的，在上下地层垂直分布的范围很小，而在全世界的水平分布却很广。不管在各处的地层的岩石性质是否相同，只要它们所含的化石或化石群相同，它们的地质时代就是相同或大致相当的。这样一来，古生物化石的研究就成为划分地层的重要途径。

这样，从发展过程的历史来看，古生物学和地层学是紧密联系的两个学科，但是就在它们发展的过程中，发生了争论，形成了两派：一派主张，古生物学和地层学应该合起来搞；另一派主张把古生物学分开，让地层学站在一边，而由古生物学自己根据生物进化的过程建立一个独立的学科。这两派有时争论很激烈，有时也按传统习惯"各自为政"，到今天形势还是这样。

不管怎样，利用古生物遗迹和遗体来划分地层，在世界范围内，对地质的历史已经做出了很大的贡献。而地层在层序上，在阐明上下的关系，也就是新老的关系上，对古生物某些种族的发展过程，也提供了确实可靠的依据。

含有古生物遗迹或遗体的地层，只限于全部地层较新的一部分。这个较新的一部分，已经根据上述的观点，划分为若干时代的产物。但是，现在已经发现了，还有很厚一段较老的地层基本上不含化石。那就需要用其他的方法来鉴别它们产生的时代。未变质或浅变质的较老的地层，在中国叫震旦系，最厚达一万多米。但是，这个名词，在国外有的用，有的还固执地不用，统称为前寒武纪；而我们国家搞地质的也有一种跟外国传统走的倾向，也跟着叫前寒武纪，而不叫前震旦纪。

自从某些物质蜕变现象被发现以来，人们就利用某些元素，特别是铀、钍、钾等的蜕变规律来鉴定地层的年代。因为，用这个方法，可以求出地层中或火成岩体中原来所含蜕变矿物存在的年龄，所以，一般称为绝对年龄鉴定法。实际上，所谓绝对年龄，并不是绝对的，它只提供一个概略的数字。因此，这个名词不恰当，最好称作同位素年龄鉴定法。

二、地质构造运动的时期问题

地层并不是在水里或陆地上一层加一层平铺上去的东西，而是在它们形成的某些阶段、某些地带发生了程度不等、方式不同的运动。这种机械运动，只要达到了一定的强度，就从参加运动中的地层的特殊结构反映出来。运动以后，受影响的地层，就不再是一层一层平铺上去了，而是发生规模不等的挠曲、褶皱、断裂等现象。同时，有些地区，由于受了挤压的原因或地下深部隆起的原因，上升成山岳；另外一些地区平缓的下降成为洼地、湖沼或为海水所淹没。在山岳地带，由于大气中的侵蚀作用，高山逐渐被剥落，乃至夷为平地；而在低洼地区，就接受那些剥落下来的物质，如石块、泥沙之类，暂时或永久停积下来。经过了这样一次地质构造运动以后，如果大面积地区又被淹没，那么在被削平了的挠曲、褶皱的地层上面，又会沉积一系列平铺的岩石。这种新沉积的岩层和其下老岩层不整合的关系，就标志着在某一个地质时代，地球上某一地区或地带发生过比较强烈的运动。有时，在这种运动发生的时期，在有关的地区往往有不同形状的火成岩侵入，同时那些侵入体有时带来了各种有用的矿产，这一切，当时也被削平了，也为新地层所覆盖。

上面所说的现象，是在地球上许多地区经常见到的现象，它们对有关地区的地质发展过程，也就是那个地区的地质历史是具有极其重要意义的，这一点没有问题。问题在于：

（1）究竟这一段历史发生在什么时代，就是说在不整合面的上面的地层和下面受了短期或长期侵蚀的地层，能不能依靠古生物的鉴定，或者同位素年龄的鉴定来找出确切的答案？一般，确切的答案是很难得到的。

（2）在不整合面代表一个长期受侵蚀的情况下，难道不会在这个受侵蚀的时期中，在不整合面上，有个时期被水淹没过，也停积过沉积物，后来，由于上升露出水面，又被侵蚀掉了？这样的过程，就没有地层的记录可考，我们不能排除这种情况的可能性，也不能排除这种事情反复发生过几次的可能性。中国北部，奥陶纪地层和石炭纪、二叠纪地层之间，有很长的时期，缺乏地层的记录，这就是很好的一个例子。

（3）既然侵蚀的时间不能确切地鉴定，那就很难把在某一个地区发生的某一次运动和另外一个地区发生的某一次运动，严格地联系起来作为同一运动看待。特别是那两个地区相隔很远，对比起来就更没有把握。

但是，一百多年来世界各地的地质工作者，趋向于共同的认识，他们认为各地质时代中，地球上发生过几次强烈的运动，而每次强烈运动大体上是同时的。这里，我们需要追索一下这个概念形成和发展的过程。那几次巨大的运动，最初主要是根据西欧那个局部地区的地质条件定下来的，后来把它推广到世界上其他许多地区。事实上，在逐步扩大范围的过程中，在时间对比的问题上，已经引起了不少的争论。

尽管这样，最初的那个概念，一直占着统治地位，传到了俄国，也传到了中国。所以，在中国的地质工作者，也就认为在我们的国度里也有什么加里东运动、华力西运动和阿尔卑斯运动等三次极其强烈的运动，也就不知不觉地套用了什么加里东等的名称，所以在地质工作者之间往往就发生这样毫无意义的争论：譬如说，秦岭这条山脉，你说是加里东运动形成的，他说是华力西运动形成的，诸如此类。这就说明一个问题，我们地质工作者，把外国的东西生搬硬套，用来解决中国地质上的问题，这样就带来了严重的错误和巨大的损失。

事实上，根据中国地层发育的情况和其间不整合的关系，

1949年以来，我们已经证实了一些规模巨大的运动。譬如说，燕山运动（在中生代时期）、吕梁运动（在前震旦纪时期）等的存在，而这些运动在欧美等地区就不那么显著。甚至，从那里地层发育的现象得不到证明。反过来说，阿尔卑斯运动（时间是在第三纪的中叶）在欧洲的南部，确实是很激烈的，而在中国就见不到同时发生的强烈运动的痕迹。

以上所说的这些运动，都是指运动的时期或局部的方向而言，很少涉及在每次运动波及的范围内所造成的构造形式。关于这一点的重要性，另有论述。

三、地槽和地台问题

同一个时期的地层在地理条件不同的地区，构成它的沉积物的性质和厚度往往不大相同。就地层的厚度来说，有的地区在零到几米之间，而在另外一个地区厚度可以达到几十米或几百米；就沉积物的性质来说，在某些地区是泥砂层或石灰岩层之类，而在另外一些地区主要是粗、细砂砾岩层、煤层或夹若干石灰岩层等类的物质造成的。这种在地面上沉积物的变化，一般大都可以用地形隆起、低洼，沉没在水中或海中的深浅来加以说明。不过，通过这样的解释，来说明同一地质时期所产生的地层的变化，是有限度的，是一般性的。

1859年霍尔在北美东部阿巴拉契亚山脉的北部，发现了受过强烈褶皱的古生代浅海相地层，其厚度共达12公里以上。就是说，比在阿巴拉契亚山脉以西的同一时代，几乎无褶皱的岩层，厚10倍到20倍。既然那些沉积物是浅海的产物，那么它们的产生必然是由于它们沉积的地带，边沉降、边沉积而造成的东西。后来，在那一带浅海沉积中，又发现了夹杂着火山岩流之类的复杂岩层。1873年，达纳进一步调查研究了这种现象，他把这样长期的沉降带和其中的沉积物，统称为地向斜（中文译名为地槽）。达纳以后，在世界其他地区，又发现了不少主要是由浅海沉积物形成的厚度很大的狭长地带。在这样的地带积累起来的沉积物，必然是那个地带边下沉、边沉积而产生的。地槽这个概念，也就逐渐普遍地被接受下来了。其中，显著的例子就是北美西部的科迪勒拉地槽，南美西部的安第斯地槽，欧洲的阿尔卑斯地槽，欧亚分界的乌拉尔地槽，中国的祁连山、秦岭地槽等。

人们对地槽的认识，在地质构造现象中，确实提出了一个比较重要的问题。但是，也引起了一些疑问，首先是地槽的概念，不是那么明确。因此，在推广这个概念的过程中，就出现了各式各样的地槽，有的甚至与原来认为是典型地槽的特点并不符合。这还是次要的事情，更重要的问题是在地球上为什么发生了哪些"地槽"？讲地槽的人们，好像认为地槽是天生的，不允许过问它的起源。科学工作者，对世界上的万事万物就是要问个为什么，闭口不谈地槽的起源，是非科学的。我们毕竟要问，每个确实存在的"地槽"，它为什么恰巧出现于它所在的地方？为什么所有地槽都占有一个长条形的地带？为什么经常有和它相伴随的、相反相成的隆起地带？这种隆起地带有时夹在地槽中间，有时靠近地槽的一边。当然，这些隆起地带由于受到侵蚀，现在或者已为平地，或者是和地槽中的沉积岩层一起转入了强烈的折皱，有些人把这些伴随地槽的隆起地带称为地背斜。这个名称，恰好是和地向斜相配合的。根据这一类事实，如果我们把地槽和伴随它的地背斜，当作大陆上某些地带发生的巨型挠曲、褶皱看待，看来是合理的。就是说，地球上大中小型的褶皱，在实质上基本是相同的，其不同之点，只是规模的大小，这样看问题，我们就可以把地向斜（地槽）、地背斜和其他大小型的向斜、背斜同样当作地壳形变现象处理。那种把地槽看作地球上特殊的、不需要过问起源的、天生的形象的论点，是不可知论，是反科学的论点。

地槽以外的地区，往往存在着褶皱甚为平缓、除了整体略微上升下降以外，看不出什么显著运动迹象的稳定地块。在乌拉尔山脉西侧广大的地区，就是属于这一类型的地块。俄罗斯的地质工作者们抓住了这一特殊现象，称它为俄罗斯地台。以后，他们在乌拉尔以东，又发现了一大块平地，叫作西伯利亚地台。从此，他们又推广了地台这个名称，一直推到中国来了，称中国这个地区为中国地台。其中又分为若干个较小的地台。经过长期的地质工作和比较深部的探测，人们在地台策源地的俄罗斯地台下面，发现相当强烈的褶皱和火成岩的活动。

而西伯利亚地台区，表面尽管平缓，下面的地层在有些地方褶皱也是非常剧烈的。在中国，全国范围内地层的褶皱，一般都是比较明显的，而在很多地带又是极为强烈的。所以就在套用了中国地台这个名称的基础上，不得不把各式各样的地台越划越小，在中国的大地构造中，就出现了许多这个、那个地台，而在这个、那个地台中又发现了褶皱带和断裂带互相穿插的情况，又创造了一个新学说，叫作"地台活化"论。请看，"地台活化"了，那还叫什么地台呢？这一个小小的例子，本来值不得一提，但是从这里可以看出，西欧和苏联地质学界的这种主观主义和形而上学的观点，是怎样深深地影响着一部分中国地质工作者的，这就不是一个小事情。

四、沉积矿床

各种沉积层中的沉积物，有的具有工业价值，有的还没有找到工业上的用途。具有工业价值的沉积物，有的单独成层夹在普通岩石之中，有的工业矿物成薄片和普通岩层夹杂在一起，有的和普通岩石颗粒混杂在一起。关于成层的沉积矿床，最普通的例子有煤、铁、铝、磷、硫、岩盐、钾盐、石膏及其他盐类等。关于夹杂或混杂在岩层中的沉积矿床种类甚多，在岩层中聚集或分散的形式往往大不相同，这种夹杂或混杂在岩层中的有用矿物的来源，绝大部分是从原生矿床或含有那些有用矿物的古老岩石，经过侵蚀、风化和天然的分选而来的。这种类型的矿床，最值得注意的有含铜砂岩，含磷、含锰的岩层，含金、含铀的砂砾岩以及其他稀有金属、稀土元素、分散元素等。

以上是指由固体的矿物形成的固体矿床而言，其次，还有一些液体和气体的有用矿物质资源存在于岩层中。因为构成岩层的矿物颗粒之间，经常有大小不等的空隙，液体或气体往往充填这些空隙，其中具有最重要工业价值的液体和气体，就是大家所知道的石油和天然气。地下水也是夹杂在岩层中极其重要的成分。在某些地区，特别是干旱和盐碱地区，地下水对广大人民群众的日常生活和社会主义工农业建设，都是一种必不可少的资源。而在另外一些地区，如某些矿山开发的地区，它又可能造成灾害。

由于石油、天然气和水的特殊重要性，以及它们在地下的流动性，地质工作者必须不断总结野外观测和实验的经验，通过实践、再实践来阐明这些矿物质的分布、动态和集中的规律，查明它们集中的地带和地区，分析它们的组成成分。显然，我们需要用特殊的方法来处理有关这一类资源的问题，与固体矿床的处理方法有所不同。就石油来说，我们首先应该根据从地质和古地理条件来寻找哪些地区是具有有利于生油的条件。所谓有利于生油的条件：

（1）就是需要有比较广阔的低洼地区，曾长期为浅海或面积较大的湖水所淹没；

（2）这些低洼地区的周围需要有大量的生物繁殖，同时，在水中也要有极大量的微体生物繁殖；

（3）需要有适当的气候，为上述大量的生物滋生创造条件；

（4）需要有陆地上经常输入大量的泥、砂到浅海或大湖里去，这样，就可以迅速把陆上输送来的有机物质和水中繁殖速度极大而死亡极快的微体生物埋藏起来，不让它们腐烂成为气体向空中扩散而消失。

石油成生的论点很多，直到现在还莫衷一是。不过，大体上看来，上面的观点可以说是大致符合实际情况的。这仅仅是就石油的成生，也就是它成生时，当初分布的主要特点和一般情况而言。在地种分散的情况下，生产出来的点滴石油混杂在泥砂之中，是没有工业价值的，必须经过一种天然的程序，把那些分散的点滴集中起来，才有工业价值。这个天然的程序，就是含有石油的地层发生了褶皱和封闭性的断裂运动。

所以，我们找石油的指导思想：第一，要找生油区的所在和它的范围以及某些含有油气苗的征象（关于这一点，不是经常可以找到的，如果石油埋藏和封闭得比较好的话）；第二，进一步查明适合于石油、天然气和水聚集的处所，石油工作者称那些处所为储油构造。

轻松导读

地球上有生命形态出现，是地球发展史上的重大事件。最原始的生物是在寒武纪以前开始的。寒武纪地层是最早的含有丰富生物化石的地层，含有大量的动物化石如三叶虫、腕足类及古杯海绵等。自然界中生物的进化，最终导致了人类这种特殊生物的出现。读完本篇，我们将知道人类的发展可以分为哪几个阶段？为什么寒武纪时期的动物没有骨骼？

古生物及古人类①

一、原始生命形态的遗迹

（一）

地球上出现有生命的物质，是地球发展史上破天荒的大事。最原始的生物是在寒武纪以前的时代开始出现的。那些原始生命形态的遗迹（化石）被保存在寒武纪以前的古老地质时代所形成的地层里面。

寒武纪以前所形成的地层，概括地说，可以分为两大部

---

① 本文节选自《天文·地质·古生物资料摘要（初稿）》。

分。一部分为古老的变质岩系，包括变质沉积岩以至变质极深的各种结晶片岩及各种混合杂岩等。这些古老变质岩的形成是从距今约二三十亿年或更多的年代以前开始的。覆盖在那些古老变质岩系上面的，是时代较晚的轻微变质或基本上没有变质的沉积岩系。这一套岩系在我国发育完整，分布广泛，故名为"震旦系"，其所代表的时代则称为"震旦纪"。震旦纪大约开始于距今10亿（？）年前，其延续时间约达4亿年之久。在震旦纪地层上面的，就是寒武纪的地层了。

寒武纪的地层是最早的含有丰富生物化石的地层。它含有大量的动物化石如三叶虫、腕足类及古杯海绵等。有一些古生物工作者认为：这些大量的和较高级动物不可能是骤然发生的，一定在它们之前，还会有和它们相类似但较为低级的动物，代表在它们之前的发展阶段。这些更早的动物一定是生活在寒武纪以前的时代。为了证实这个想法，人们曾做出不断的努力，要从寒武纪以前的地层中找到化石。

如前所述，寒武纪以前的那些古老变质岩系，经过多次强烈地壳运动，以致支离破碎、结晶变质，即使当初含有生物遗体或遗迹，也必然被摧毁，极难从其中找到可以鉴定的化石。但以后在那些古老变质岩系的上面，发现了震旦纪的地层（在外国也找到与我国震旦纪地层相当的岩系），它是基本上没有变质的沉积岩系，厚度有时达到数千至一万多米。震旦纪岩系的发现，燃起了人们寻找寒武纪以前的化石的希望。

有人曾根据生物的发展观点，将已知的寒武纪的动物加以分析概括，从而推论出寒武纪以前的动物群应该是由无壳的原生动物、硅质海绵、原始腔肠类、环节蠕虫、无铰的腕足类以及某种类似三叶虫但更原始的节肢动物所组成。但多少年来，在世界各国的寒武纪以前的地层（包括震旦纪地层）中所搜寻到的，只是残缺而贫乏的原始生命形态的遗迹，远不足以证实这个推论。

（二）

在震旦纪的石灰岩及白云岩中比较常见的，是具有同心圆构造的化石。大多数古生物工作者认为它是蓝绿色藻类的群体的钙质分泌物，故又把这种藻类叫作钙藻。

1922年，我国地质工作者在北京西北的南口地区考察地质，通过仔细观察，明确了钙藻中的"中国聚环藻"在震旦系南口灰岩中的层位，并发现了另外两个新种，以后被分别定名为"筒状聚环藻"及"棱角聚环藻"。1924年我国地质工作者又在长江三峡地区发现相同的钙藻化石。以后在我国华北及西部不少地区的震旦纪石灰岩中，都陆续找到这类化石。

华尔科于1906年在美国蒙大拿州的柏尔特系（相当于我国的震旦系）地层中采集并描述了钙藻的许多新种。据雷蒙的意见，其中有些是可疑的，可能是无机质的结核。

最古老的原始植物化石为一种细菌，是在美国密歇根州休伦系（大致相当于我国的滹沱系）的铁矿层中发现的，呈杆状，在高倍显微镜下才能看见，很像现代的"衣细菌"。据说是铁细菌的一种，能将水溶液中的铁质分泌出来，使其沉积成铁矿层。

1915年华尔科用高倍显微镜观察从美国蒙大拿州基维诺组（相当于我国震旦系）石灰岩中发现的"微球菌"，其直径仅为0.001毫米。

对于上述这些细菌，既缺乏坚硬组织又如此细微，竟然能从寒武纪以前到现在仍保存到可以鉴定的程度，有人（如美国的雷蒙）持怀疑态度。但也有一些人认为寒武纪以前的古老岩系中含有的大量石灰岩、石墨及一些铁矿，是属于有机成因的岩、矿，是通过当时水体中大量细菌及藻类这些原始生物分泌作用而沉积起来的。例如苏联的维尔纳茨基、别尔格和斯特拉霍夫都认为庞大的"前寒武纪"含铁石英岩矿层是由铁细菌形成的。

从蒙大拿的"前寒武纪"石灰岩中，华尔科又曾找到一些没有定形轮廓的化石碎片，认为与"翼鲎"或"板足鲎"相接近的一种节肢动物的甲壳。爱基渥次、大卫等从澳大利亚"前寒武纪"地层中所获得的所谓"节肢动物"，据雷蒙说，可能是同样性质的东西。

在苏联，在乌拉尔西坡的里菲界（相当于我国的震旦系）及西伯利亚的震旦系中，也找到钙藻并分为许多属、种，而总称之为"叠层石"。据说在南乌拉尔里菲界的叠层石中曾找到可疑的微体生物化石。

以上是讲的植物化石，下面我们转到动物方面。

在北美洲，主要是在加拿大南部及美国西部，更先后找到零星的动物化石，其中有些也是可疑的、有争论的东西。在北美，对"前寒武纪"化石研究最早，致力最多，费时最久的，还是前面已经讲到的那位美国"权威"华尔科；而对他的工作成果持怀疑甚至否定态度的，则是他的后辈另一位美国人雷蒙。有关动物化石的发现简述于下。

海绵化石——1911年，华尔科曾描述在加拿大南部安大略的阿瑟港附近，在"前寒武纪""陡岩系"的石灰岩中所获得化石标本，将其与寒武纪的一种海绵相比拟。以后被证明是无机物所形成，不是生物化石。但华尔科曾报道在美国西南部大峡谷地区的相当于我国震旦纪上部地层中，发现了据说是真正的海绵骨针。

腔肠动物（水母及其他）化石——据说在美国大峡谷"前寒武纪"地层中曾找到过水母化石。从芬兰东部前寒武纪石灰岩夹层中，曾找到一种近于床板珊瑚的可疑化石。

环节动物（蠕虫）化石——华尔科曾描述从美国蒙大拿的"前寒武纪"岩层中找到的蠕虫爬行印迹及所掘的空洞。在我国南沱灯影灰岩中也曾发现过蠕虫穿过藻类所留下来的空洞。

在澳洲南部震旦纪地层中找到的化石，据说还有翼足类及原始的腕足类。

此外，在欧洲，许多年前，凯耶曾描述从布利塔尼（法国西北部）的变质岩中获得的许多放射虫、有孔虫及海绵，曾一度被广泛接受为"前寒武纪"化石，但也引起怀疑和争论。以后一个法国地质家指出含这些化石的地层并非"前寒武纪"而可能是泥盆纪。因此，在欧洲曾轰动一时的"前寒武纪"动物群是不足凭信的。

（三）

概括上述，从20世纪初期到现在，超过了半个世纪，人们已找到的寒武纪以前的生物化石，在植物方面仅为蓝藻、细菌及某些不能做确切鉴定的孢子；动物化石方面则为海绵骨针、腔肠动物（水母及另一种可疑化石）、环节动物活动时留下的残迹及翼足类与腕足类。门类虽然也不算少，但重要的问题是在于这些零星残缺的生物遗迹，除钙藻外，都是极其少见的；而且它们绝大部分的真实性是值得怀疑和争论的。这就使人们突出地感觉到：生物在寒武纪以前的数十亿年漫长的演化过程中，给我们留下的化石竟是如此贫乏，这与寒武纪一开始就出现的颇为繁盛的和相当高级的生物群，远远衔接不起来。对这一现象如何解释呢？

在18世纪末叶，法国科学工作者居维叶（1769—1832）提出了"灾变论"。他和他的学生迪奥宾尼认为，在地质发展史中，地壳运动形成海陆升降的突然变革，或使海涸为陆并隆起为山脉，或使陆沉为海，每次都给生物带来一次灾乱，而这种灾乱使地球上一切生物灭绝，以后又由一种所谓新的不寻常的

"全能的创造力"，将生物又恢复起来。他们并认定物种是永恒不变的，新的和旧的，高级的和低级的物种之间没有演化的关系。旧的物种在一次灾变中完全被灭绝了，以后由"全能的创造力"又创造出一些新的更高级的物种。按照灾变论的说法，则寒武纪以前的生物就可以认为是在一次地壳运动所引起的灾变中被毁灭得毫无踪影，寒武纪的动物则是以后由什么"全能的创造力"一下子创造出来的了。这是地地道道的形而上学的观点。随着生物科学的发展，特别是在达尔文的《物种起源》一书问世后，这一类带有浓厚宗教迷信的说法就越来越站不住脚了。

由于在我国以及其他国家先后发现基本上没有变质、适于保存化石的那一套寒武纪以前的地层（即震旦系），人们也不能再说寒武纪以前化石的贫乏是因为那个时代的地层屡经剧烈破坏，不能保存化石了，于是转到生物本身上来寻找原因，因而把注意力集中到另一方面的解释，即寒武纪以前的动物缺乏坚硬的钙质外壳或骨骼，即缺乏被保存为化石的条件，认为这是寒武纪以前化石特别稀少的主要原因。

那么，为什么那时的动物没有钙质骨骼呢？对此，资产阶级的学者根据某些片面的认识，曾试图做出各种解答，主要的可分为四种：

（1）因为寒武纪以前的海水中缺乏钙质；

（2）寒武纪以前的海水中含有较多的氯及其他游离的化学

元素，使海水变为酸性的，阻止了生物钙质骨骼的形成；

（3）现在能见到的寒武纪以前的地层都是大陆上的淡水停积物，而淡水含钙量很低；

（4）寒武纪以前的动物都是漂浮在海水表层的浮游动物，钙质介壳或骨骼太重，对浮游生活不利，因而没有形成钙质骨骼。只有到了较晚的寒武纪或更晚的奥陶纪，在海底生活的底栖动物才形成笨重的钙质介壳或骨骼。

关于前两种说法，只要看一看我国震旦纪的厚度大而分布又广的石灰岩层，就可以肯定那时的海洋不缺乏钙质；海水中既然含有大量的钙，也就不是什么酸性的了。

关于第三种说法，把寒武纪以前所形成的地层全部说成大陆停积，是没有根据的。像我国的震旦纪石灰岩，与中、新生代陆相沉积的碎屑岩显然不同。退一步说，即使是陆相停积，也不能作为钙质骨骼不能形成的理由，因为我们知道，大陆上湖水及河水中的动物，如常见的淡水螺蚌，也具有钙质介壳，因而也能被保存为化石。

第四种说法，是雷蒙及布鲁克斯所主张的。他们认为"前寒武纪"动物为适应浮游生活，故无钙质骨骼；但指出可以有较薄、较轻的几丁质或硅质骨骼。这个说法好像能说明寒武纪以前的动物没有钙质骨骼的原因；但并不能解答寒武纪以前的动物化石何以如此贫乏的问题。因为钙质骨骼固然是保存化石的良好条件，而几丁质的介壳也同样能保存为化石，寒武纪地层中保存得很好的大量的三叶虫以及常见的舌形贝，正是具有几丁质的外壳。那么，那些没有钙质骨骼但可以具有几丁质外壳的寒武纪以前的动物，为什么也不能像寒武纪的三叶虫及舌形贝那样被保存为化石呢？

如上所述，资产阶级学者的种种解释，并没有能够真正地解答问题。其实，寒武纪以前生物化石的贫乏并不是什么奇怪的事，因为生物在萌芽和发展的初期，个体的数量就是比较小，分布的面积不广，分布的密度不大，因而能被保存为化石的机会就更少。虽然我们不能排除这种可能性，即今后随着地质、古生物工作的扩展和深入，还会在寒武纪以前的地层中找到若干零星的生物遗迹；但即使如此，由于寒武纪生物群的大发展，包括若干主要门类的生物（如三叶虫等）发展的飞跃，因而在寒武纪以前的古老时代与寒武纪之间，生物的演化是存在着一个很大的不连续（间断）。寒武纪以前的漫长的古老时代，是生物孕育、萌芽和发展的初期阶段，那时的生物群，作为整体来看，它的演化看来是缓慢的。这种长期的缓慢的演化，为生物体本身准备了质变的飞跃和大量繁殖的条件，因而一旦到达寒武纪，在适宜的外界环境条件（例如海水的温度、溶解的物质成分及营养物质等）的促使下，就出现一个大发展，从而产生了大量的和较高级的生物。

生物发展的不连续性，在寒武纪与"前寒武纪"之间是异常突出的；但在以后的各地质时代这种不连续还陆续出现，使不同时代的生物群呈现显著的差异。总体说来，在每次不连续之后，就有更高级的生物通过质变的飞跃而出现，因而我们有可能根据不同的化石生物群来鉴别不同地层的先后时代。由于不同时代的地层往往含有不同的沉积矿产（例如震旦纪以前古老变质岩系中的沉积变质铁矿，震旦纪地层中的铁矿、锰矿，寒武纪早期地层中的磷矿，泥盆纪地层中的沉积铁矿，石炭纪地层底部的铝土矿，石炭二叠纪及中、新生代地层中的煤矿、石油与天然气以及盐类矿产等），因而古生物学的工作，通过对地层时代的鉴别，在寻找矿产资源为社会主义建设服务方面，具有重大的实际意义。

二、动物界的第一次大发展

地球发展到了寒武纪时期（距今约5亿—6亿年），就出现了大量的、门类众多的和较高级的动物。寒武纪以前的生命的星火，到这时已成燎原之势。这是地球上动物界的第一次大发展，具有划时代的意义。

从化石来看，在寒武纪初期出现的动物，除脊椎动物外，几乎所有的主要门类都有了。其中最多的是节肢动物中的三叶虫，约占化石保存总数的60%，其次为腕足类动物，约占30%，其他节肢动物、软体动物、蠕虫及古杯海绵等共占10%。

腕足动物是具有一对外壳的海生动物。软体动物中有头足类及腹足类。古杯海绵是固着在海底的一种古老生物，具有多孔的内壁及外壁等较为复杂的结构。蠕虫化石由于不易保存，比较少见。节肢动物除三叶虫外，比较常见的则为甲壳类的古介形虫。

寒武纪动物群中最为突出的是三叶虫。它是世界各地常见的化石。我国为产三叶虫化石最多的国家之一，从新疆到苏、浙，从东北到西南，自寒武纪到二叠纪的地层，都有三叶虫化石发现。目前已正式鉴定和描述过的计有376个属，1233个种，还将继续有所增加，其中以寒武纪的为最多。

三叶虫的种类繁多，形体大小不一，最大的可长达70厘米，最小的不足1厘米。绝大部分的生活情况是游移于海底，以原生动物、海绵、腔肠动物或这些动物的尸体以及海水中细小植物为食料。三叶虫是比较高级的节肢动物，如在我国寒武纪初期的页岩中经常可以找到的"莱得利基虫"，其躯体各部分结构已经分化得很好，有头部、胸部及尾部。头部结构复杂，有一对眼睛；胸部有十几个胸节；尾部由若干体节互相融合而成。头、胸、尾部都生有多节的附肢。其他如寒武纪中期的"德氏虫"及晚期的"蝙蝠虫"等，结构也都比较复杂。由于演化迅速，在不同的时期出现不同的种，故三叶虫成为对下部古生代地层特别是对寒武纪各期地层进行划分与对比的标准化石。

寒武纪早期的软舌螺化石，产于我国西南各省寒武系底部的磷矿层中，故这种化石可作为在西南各省寻找磷矿的标志。

正因为是动物界的第一次大发展，所以寒武纪的动物群一方面含有大量的较高级的动物三叶虫，另一方面也还在某些动物方面保留着一定的原始性。例如，这个时代的腕足类动物是以比较原始的具有几丁质外壳的无铰纲为主；软体动物也是细小的、比较原始的类型如上述的"软舌螺"及"似海螺"等。这也说明了在同一时期不同门类的生物发展的速度不等，显示着发展的不平衡性。

生物演化的历程包括许多次飞跃，而每次飞跃就有更高级的生物出现并形成一次大发展，给当时整个生物群带来崭新的、繁荣的面貌。在寒武纪以后，动物界还继续经历多次大发展，而在寒武纪的大发展，则不过是"春雷第一声"。例如，在奥陶纪突然繁殖的笔石群及大型的头足类直角石和珠角石等，在志留纪大量繁殖的珊瑚及腕足类，泥盆纪大量繁殖的水生脊椎动物鱼类，上部古生代繁盛的、具有纺锤形复杂外壳的原生动物蜓类，中生代的恐龙之类的大型爬行动物以及新生代的哺乳动物，如此等等。所有这些盛极一时的动物，都是经过质变的飞跃而产生并大量繁殖的。它们的出现，使不同时代的动物群具有不同的时代特征。

三、植物界的第一次大发展

地球上的植物，是以最原始的形态先出现在海水（或其他水盆地）中。有漫长的时期陆地上基本上没有植物，几乎到处是童山和荒漠。大地换上绿装，是开始于泥盆纪（距今3.5亿—4亿年）。

在泥盆纪以前，主要是生长在海水中的原始的水生植物，一类是单细胞、单细胞群体并还没有叶绿体的细菌和蓝藻；另一类是单细胞、单细胞群体或多细胞而具有叶绿体的其他藻类。在北京人民大会堂铺地的大理石磨光的面上，有很多一环套一环的美丽花纹，很像是寒武纪以前的钙藻化石的各式各样的剖面。

我们知道比较确切的第一个相当繁盛的陆地植物群，就是泥盆纪植物群。也就是说，地壳发展到了泥盆纪，植物才大量从水中"登陆"，实现了从"水生"到"陆生"的飞跃，而随着这个水陆环境的变革，一些新的陆生植物迅速繁殖，并有原始的裸子植物出现。这是植物界的第一次大发展。

在泥盆纪早期和中期达到繁盛顶峰的植物群，是以裸蕨为代表，称为裸蕨植物群。裸蕨是最原始的陆生植物。这种植物的茎的分化还很不完全，没有叶子，只有枝的分叉，细弱的茎和枝都裸露，故名。

具有叶子的植物（虽然是微弱的孢子叶），如鳞木植物中的原始鳞木，在泥盆纪中期已经大量出现了。值得我们注意的是在泥盆纪晚期，也开始发展了高达数米的小型乔木或灌木，像种子蕨一类的植物。种子蕨一类的植物化石，是已发现的最古老的裸子植物化石。

到泥盆纪晚期，裸蕨完全灭绝，代之而起的是大型的原始裸子植物，叫作古羊齿。这时很多植物已经是大型乔木，叶子发达，茎干粗壮，如鳞木类的圆痕木就是这时乔木的一种。这时丛林高树，呈现空前的繁荣景象。

对于泥盆纪陆生植物的迅速繁盛，人们往往感到是很突然的，因为在比泥盆纪更古老的地层中，迄今没有找到可以作为泥盆纪植物发展前一阶段的所谓过渡型的化石植物群。根据现有的资料，不仅太古代和元古代只有原始海生菌、藻为比较可靠的植物化石；而下部古生代，从寒武纪一直到志留纪中期的植物化石，也仍然是以海生菌、藻类群为主。

从泥盆纪前的原始海生菌藻植物占统治地位转到泥盆纪陆生植物占统治地位，这种转化，是植物界发展中的一次大飞跃。因而，使植物界的演化在泥盆纪以前的时代与泥盆纪之间，形成一个明显的不连续（间断）。植物界在泥盆纪以前的漫长时期的演化，为某些类型的植物的飞跃发展准备了条件。志留纪与泥盆纪之间的地壳运动，使大陆普遍上升，海水撤退，海面缩小，因而原来为海，特别是为浅海的地区，变为低湿的平原或具有洼地的丘陵地带。这是促使那些本身具有一定条件、能适应这种环境变革的植物从水生转为陆生的外界因素。

泥盆纪陆生植物的迅猛发展，只是植物界的第一次大发展，此后还有多次大发展；而每次大发展包括若干门类中某些植物的质变的飞跃，因而在每次大发展中就有更高级的植物出现。例如，在石炭纪、二叠纪构成茂密森林的鳞木、封印木、芦木、科达树、大羽羊齿等，在中生代特别是在侏罗纪最为繁盛的裸子植物，在第三纪最为繁盛的被子植物等，都是植物界各次大发展中的产物。它们的繁殖给不同时代的植物群带来不同的特征，因而我们能够利用这些植物化石来鉴别含化石地层的时代。由于这些古植物在一定的地质时代是"成煤植物"，我们可以把这些植物化石当作标志，来寻找各个产煤的地质时代的煤层。

四、古生物工作中涉及进化论的一些主要论点

生物工作者，很清楚不能撇开古生物的调查研究工作，他们借助于古生物学的资料，有力地促进了进化论的形成和发展。

生物界在过去曾受许多和地球本身的历史有关的改变，这种思想首先表现在法国科学工作者布封（1707—1788）的著作中。按照布封的意见，在地球上有了生物的时候，生活条件（包括地理和气候条件）的改变必然反映在有机体的结构上，使有机体发生变异。这种见解可以说是进化论的开端。

与布封同时的瑞典植物学工作者林奈（1707—1778）所倡导的"特创说"，认为万物既经创成，永久不变。林奈在当时声名很大，所谓"特创说"风靡全欧洲。当时教权仍极强盛，由于受到宗教监察的迫害，布封在他出版较晚的著作中不得不删掉或修改与宗教相矛盾的部分。

布封关于物种演变及从简单发展到复杂的见解，为法国著名的自然科学工作者拉马克（1744—1829）所广泛传播。拉马克是古无脊椎动物学的创始人。他在1815年的著作中，将他的

生物进化学说总结为四条：

（1）生命以其固有的力，趋向于不断地增大每个生物体的体积，并扩大生物体的各部分，直到它所达到的限度；

（2）动物机体的新器官的产生，是由于增加了使动物不断地感觉到一种新的需要的结果；

（3）器官的发展及其活动的力量，经常与其运用成正比例；

（4）生物体的组织在个体生活过程中已经获得的、废弃的以及改变的一切性能，是被保存下来并遗传给遭受过这些变化的个体的后代新个体的。

上述四条是互相联系、不可割裂的。第二条曾被称为动物器官根据"欲望"而演变的假说，这显然是把这一条和其他各条割裂而加以歪曲；因为拉马克并没有说动物的欲望直接影响它的形体，而是说变更了的需要引起生活习性的变更，从而导致新器官的形成或原有器官的改变。这可以同第三条即著名的"用进废退"定律联系起来看。按照拉马克的意见，动物的新的"需要"是由外界环境的变化所引起的。

环境的变化导致动物活动的新方式，从而引起器官形体的增大或产生其他方式的官能。反之，动物体其他部分的废而不用，就导致这部分的退化。只有这些有结果的实质的变异才被遗传，这就是上列第四条，即获得性的遗传。拉马克举出了一些实际例证。例如，非洲长颈鹿的祖先，原来是颈子并不长的普通鹿。后来因气候变化，地上的草变少了，不得不经常伸长颈子和前腿来吃树上的嫩叶。这样经过多少世代，颈子和前腿越来越长，终于形成长颈鹿。

拉马克虽然受了18世纪形而上学的思想教育，却敢于和当时占绝对统治地位的形而上学观点展开斗争。他反对林奈的"特创说"和居维叶（1769—1832）的"灾变论"，打击了物种不变的观念。

与拉马克同时，以研究动物体内部结构为主的圣伊莱尔（1772—1844），他有些见解具有生物进化论的思想因素。例如，他认为在同一门范围内动物体结构上的变异，是由于外界环境的直接影响所起的作用。在这一观点上，圣伊莱尔是达尔文主义的先驱者之一。但是，他所提出的关于全部动物界具有一个"原来的、统一的结构图案"的说法，却又违反了生物发展观点。

值得提出的是1830年7月圣伊莱尔和居维叶这两个法国人之间展开的著名的论战。论战的主题是关于软体动物与脊椎动物的机体结构是否像圣伊莱尔所说的为一个"统一的结构图案"问题。统一结构图案的说法，恰恰是圣伊莱尔的错误的一面。论战的结果是形而上学者居维叶等人胜利了。但实际上适得其反。由于在论战中一些科学工作者和哲学工作者展开了一般原则性的争论，使进化观念的拥护者澄清了某些错误，找着了更正确的途径来证明他们的观点。因此，这次论战反而有助于以后进化理论的发展。这是居维叶所意料不到的。

在18世纪，瑞典人林奈对生物分类学做了大量工作。但他认为一切生物都是由神所创，各有天赋特征，固定不变。这就是上面已提到的"特创说"。居维叶在研究化石方面颇有建树。由古代生物的遗体或遗迹所形成的化石，本是生物演化的一种有力的实证，而居维叶则终其身反对生物进化的理论。但和他的意愿相反，他自己在分类学、比较解剖学和古生物学方面的大量工作成果，却为19世纪后半期唯物主义生物进化学说的确立，提供了有力的根据。

在19世纪中叶，达尔文（1809—1882）一方面承继了布封、拉马克等前人生物发展学说中的正确论点，并集其大成；一方面通过他自己长期调查研究的创造性的实践，把生物发展的理论提高到更完备的、更成熟的阶段，确立了进化论。

达尔文学说的主要内容可概括为四部分：

（1）变异性与遗传性。肯定了变异性是生物的共同特性；变异的主要原因是生活条件的变化。引起变异的生活条件如果保持下来，这种变异就会遗传给后代，而且会一代一代地加强。这就是"变异累积定律"。

（2）人工选择，获得新品种。人类对那些产生符合人类需要的变异的家畜和作物，连续进行选种，使变异越来越显著，因而获得具有显著差别的家畜和作物品种。

（3）自然选择，适者生存。自然界中影响生物进化的要素是和人工选择相类似。在自然条件下，由于生物彼此之间及生物与周围环境条件之间的复杂关系，在较长的时间过程中，那些较不完善的，即对环境的适应性较差的类型，就会逐渐被淘汰；那些较能适应周围条件的类型就会保存并发展。

（4）新种的形成。在自然选择过程中，逐渐发生性状差异的加强和累积，于是在一个种之内形成了各种不同的变种；变种之间的差异进一步加深，就成为各种不同的新种。

达尔文与拉马克的学说，在生物的发展观这个大方向上是一致的；在个别具体论点上还有不尽相同之处。例如，对于变异与遗传的解释，拉马克侧重在生物器官"用进废退"这方面；达尔文则较全面地阐明了自然选择的作用。

值得提出的是，德国动物学工作者赫克尔（1834—1919）所建立的"重演说"，认为生物个体发育的各个阶段，是将这个生物所属的种族从远古祖先历代演化的一系列状态（历代演化，又称系统发生），在一定程度上重新表演出来。赫克尔指出：个体发展的历史，是种或种族的发展历史的简短重复。各种多细胞动物的个体发育，特别是在幼虫时期，都经历大体相似的阶段，这表明了动物起源的共同性。赫克尔的演说，有力地支持了达尔文的进化论。

自1859年达尔文的《物种起源》一书问世后，生物进化的思想逐渐为人们所接受。过去在一定程度上借助于古生物学资料而逐步形成和发展的进化论，以后转过来促进了古生物学的发展。但是，究竟是什么力量推动了生物的发展，这显然是进化论的关键问题。庸俗进化论者扩大了达尔文学说中的缺点，片面地强调外因的作用，否认内部矛盾是事物发展的根本原因；只承认事物的渐变，否认质变的飞跃。这是极其错误的。

与生物发展学说密切关联着的遗传学中，出现了一些不同的论点。有些形而上学的论点，例如认为各种有机体内都具有永生和不变的有机质，把它们的特点一代一代地传下去，这样就为资产阶级的"优生学"和法西斯的"种族主义"提供了一种"理论"基础，是极端错误和有害的，应予严厉批判。不过那些论点同以化石为研究对象的古生物学关系不大，不在这里讨论。

五、人类的出现

自然界中生物的发展，终于导致人类这种能改造和征服自然的特殊生物的出现。

真正的人，能制造工具的人，是出现在最近一百万年之内。对悠远的地球发展史来说，一百万年只是一个很短暂的时间；但和人类有文字记载的历史相比，毕竟是太远了。人们总想弄清这一百万年之内发生的事情。

最初，在世界各民族中都流传着关于人类起源的各种神话和传说。拉马克在1809年出版的《动物哲学》这本书里，指出人类是起源于类人猿，才开始突破了传统的神话传说，震撼了宗教迷信。达尔文在1871年出版的《人类的起源与性的选择》一书中，指出人类和现在的类人猿有着共同的祖先，是从已灭绝的古猿演化而成的，从而阐明了人类与动物的共同性，进一步奠定了人类在动物界的位置。伟大的革命导师恩格斯在1876年写的《劳动在从猿到人转变过程中的作用》这部著作中，运用辩证唯物主义的观点，揭示了人类起源和人类社会产生的规律，提出了劳动创造人的科学论断。恩格斯不仅肯定了人类与高等动物的一般的共同性，更重要的是指出了人类与动物最本质的区别，即人类能制造工具并使用工具从事劳动，来支配和改造自然；而一般动物则不能。本身具备着可能发展条件的人类的远祖，正是在一定的环境条件下从古猿分化出来之后，通过必需的生活活动，使前肢解放为手，用双手制造并使用工具来改造自然，在改造自然的进程中逐步改造了自身，终于由接近类人猿的原始人发展成为现代人。

人类的发展可以分为：古猿—猿人—古人—新人，这四个阶段。在我国发现的"中国猿人""马坝人"及"山顶洞人"，分别属于猿人、古人及新人阶段。实际上，每个阶段都包含着人类在发展中的一次质变的飞跃。

（一）人类发展的第一阶段——古猿开始从猿的系统中分化出来

人类究竟是在什么时候从猿的系统中分化出来的呢？对于具体时间，现在还有不同意见，但都认为是在第三纪的某一个时期，可能是中新世或其前后，即在渐新世晚期到上新世早期，距今约三千万年到一千万年的时期之内。至于能制造工具的人的出现，却在第四纪，即在最近的一百万年之内。从猿的系统分化出来之后，一直到能制造工具的人的出现，这一段漫长的过程，是真正从猿到人的过渡阶段。

在中新世或其前后，由低等猿类中分化出现了大型的类人猿。将现代类人猿体格结构的解剖性状与这种古代类人猿化石的比较研究，可以知道古猿躯体各部分结构，是在高级动物中与人类最接近的。正因为古猿本身结构具有与人相接近的性状，在一定的外界环境的作用下，古猿才有可能离开猿的系统而向着人的方向发展。

在树居生活环境的影响下，古猿躯体各部分在漫长的岁月里继续发生着缓慢的演化。例如，它们在树上生活时，常用前肢（手和臂）采摘果实和捕捉小虫，后肢（腿和脚）则紧握树的枝干以支持全身重量。又如，它们在树上依靠"臂行"来移动，即用前肢攀握树枝来移动身体。当用前肢向上攀缘时，后肢就会呈现直立的姿势。长期这样的活动，就引起骨骼和韧带结构上的某些变化，为手和脚的进一步分化及两腿直立行走的进一步发展，准备了条件。

依据古气候资料，可能是由于在第三纪早期即已开始的地壳运动，使大陆上升，引起气候及地形的变化，在第三纪中期，在北半球中纬及南纬的广大地区，气候变冷和干旱，森林大片消灭。在第三纪中新世末期和上新世早期，古猿生活的地方已经不是大片连续的热带森林，而是有草原间隔的树丛。因此，古人类工作者认为，大片森林的消灭，是促使古猿从树上转到地面并逐渐运用两足行走以适应地面生活的外界因素。

古猿转到地面生活后，开始时可能像现代类人猿以半直立的姿势行走，即当后肢起立行走时，仍需弯着腰用前肢手指的背面着地来起支持作用。等到前肢离开地面，完全用后肢行走并支持全身重量时，前、后肢就发生了决定性的分化。从四肢着地到两肢直立行走，是古猿从猿的系统分化出来之后的一次质变的飞跃。

在欧洲和亚洲发现的第三纪上新世早期的"森林古猿"，化石比较零星，多为牙齿和上下颌骨碎片。其中有的种类与现代的某种大猿相似。另外，像在印度发现的某些古猿化石，就显示与人相似的性质。

在非洲发现的几种类型的似人似猿的化石，总称为"南方古猿类"。这类古猿化石是在第四纪更新世早期的地层中发现的；但它们向着人的方向的发展，很可能是在更早的时期即在第三纪后半期即已开始，而一直生存到第四纪更新世早期。有的古人类工作者认为，南方古猿是生存在第三纪之末与第四纪之初。总之，根据目前的认识，南方古猿类是代表在猿人以前的人类发展阶段。

南方古猿的各部分化石骨骼都显示与人相似而与猿不同；而且所有骨骼的解剖性状，都一致表明它们已能直立行走；头脑较为发达，脑量（450—650毫升)高于一般化石猿类和现代类人猿。它们是处在人类最原始的蒙昧时代，已经在生活活动中本能地使用石块、木棒等天然工具，但一般地还不能制造工具。

在我国广西柳城和大新等地山洞中发现的"巨猿"（或称"巨人"）化石，根据其牙齿和下颌骨异常硕大等特点看来，可能是似人的古猿系统上灭绝了的一个旁支。

许久以来，是把能制造工具的猿人当作最早的人类。至于南方古猿究竟是猿是人，则争论很久。目前古人类工作者已基本上一致认为，南方古猿在发展进程中已经经过从四足着地到两足直立行走的质变，应包括在人的范围之内。人类的范围因此扩大了，由于南方古猿远比猿人为早，人类的历史也因之大大延长了。

1959年英国人利基在东非坦桑尼亚奥杜威峡谷发现了一个头骨，定名为"东非人"。产化石地层经过同位素年龄鉴定，证明"东非人"生存的时代是在157万年到189万年前。经过激烈争论之后，1961年将"东非人"改名为"南方古猿鲍氏种"，即属于南方古猿类型。

1960年利基又在发现"东非人"的同一地点发现头骨和其他骨骼化石，因层位比"东非人"稍低，当时曾称之为"前东非人"，1964年又将正式学名定为"能人"。近年来有不少古人类工作者主张"能人"也应归入南方古猿类型。其生存时代更在"东非人"之前。

（二）人类发展的第二阶段——猿人

猿人是第一次能用双手制造工具的人，它和那种只能本能地使用自然工具（石块、木棒）的一般南方古猿有了本质的区别。猿人能用双手制造石器，显示手的发展有了质变的飞跃。这种质变当然引起脑部以及全身各部分的相应的发展。

中国猿人（全名为"中国猿人北京种"，或简称"北京人"）在我国的发现，是对古人类学的一个重大贡献。发现于北京西南周口店的石灰岩洞穴中。从1927年到1937年陆续发掘到头盖骨、下颌骨和许多牙齿及其他骨骼，1949年后续有发现。这些化石显示中国猿人头骨远比现代人低，头额向后倾斜，面部向前突出，眉脊高高突起，牙齿比现代人大而粗壮，脑量（1075毫升）则比现代人为小，下肢骨基本上具有现代人的形式，前肢已发展为能制造工具的手。但股骨、胫骨的内部结构仍有若干原始性质，类似现代的大猿。

根据猿人骨骼化石及和它们在一起发现的兽骨和石器的研究，中国猿人生存的时代属旧石器时代的早期，距今约四十万年前。它们结成原始人群，生活在猛兽环伺的山林和原野中。它们共同制造工具（主要是石器），用以狩猎和防御野兽并采集植物果实，栖息在山洞内，已能掌握和使用天然火。

在我国陕西蓝田发现的中国猿人蓝田种的头骨与下颌骨，与上述中国猿人北京种基本相同。但蓝田猿人生存时期较早，距今约五六十万年。

在外国，有在爪哇发现的爪哇直立猿人，在北非阿尔及利亚发现的阿特拉猿人以及在德国发现的所谓海德堡人等。根据目前的认识，它们和中国猿人的生存时期虽然可能有先后参差，但都属于大约四五十万年以前的旧石器时代早期的猿人。

（三）人类发展的第三阶段——古人

从体格的形态结构上来看，古人是介于猿人与新人之间。在地质时代上，古人比新人为早，生存的时代可能是在更新世晚期之初，距今大约十多万年以前；文化比新人为原始，属于旧石器时代的中期。由于最早的古人化石是1856年在德国的尼安德特山谷中发现的，在人类学上常把古人化石统称为尼安德特人（简称"尼人"）类型。

根据典型的化石，古人的腿比现代人短，膝稍曲，身矮壮，弯腰曲背，嘴部仍似猿人向前伸出，也没有下巴的突起。所制作的石器比猿人的有很多改进，这说明手部结构有了新的发展，因而更加灵巧。脑量（1350毫升）比中国猿人的大些，脑子的结构复杂些，具有比猿人更高的智慧。可能已经会取火，能猎获较大的野兽，并用兽皮做简陋的衣服。和猿人相比，古人的劳动范围扩大了，生产力提高了。所有这些情况，都显示古人在发展的进程上比猿人又向前跃进了。

古人发明衣服和取火，是在人类发展史中继猿人创造石器之后的两件大事。因为，像我国关于远古的传说那样，"钻燧取火，以化腥臊"，就会扩大食物的范围；同时能制作衣服和随时随地能取火御寒，就能适应不同地区的各种气候条件，扩大了人类的活动领域，因而古人能分布在亚、非、欧广大地区。由于劳动协作的需要，在古人阶段的末期，应已具有形成原始社会的基本条件。由蒙昧的群居到社会组织的形成，是人类发展史上的一个非常重大的飞跃。

我国已发现的古人化石，有广东曲江的马坝人，湖北西部的长阳人以及山西汾河流域的丁村人。这些化石的发现，显示当时华北、华南都有原始人类在生活着。马坝人和长阳人生活在江南时，江南气候温热湿润。在密林丛草中生活着大部分与现今在那里的相似的动物，如熊猫、剑齿象及犀牛等。丁村人生活在太行山西边的汾河流域。当时那里的气候比现在要温暖些。它们经常活动在汾河两岸的广阔地区，在这里制石器，取饮水，猎野兽。丁村人制作的石器，比中国猿人时期有显著的进步，出现了比较精细的石器，打制技术有较大的提高。

（四）人类发展的第四阶段——新人

新人是古人的后裔，但在发展上又有了新的飞跃。这种飞跃首先表现于新人的体质结构和形态，除去某些细节外，非常像现代人，它们已属于"智人"种，即现代人种。新人化石所显示的体质特征是：身材比较高大；四肢的特点是前臂比上臂长，小腿比大腿长；直立行走的姿势和现代人一样，不像古人那样弯腰曲背；颅骨高度增大，额部隆起，下巴突出；平均脑量与古人相同，但大脑皮层的结构更复杂化。

新人开始出现于最近十万年之内，即更新世晚期的中叶。这时期的文化是处于旧石器时代的晚期。它们的分布比古人更为广泛，亚洲、非洲、欧洲、大洋洲和美洲，都发现了这一类型的人类化石。

在我国发现的新人化石，在华北有周口店的山顶洞人和内蒙古地区的河套人；在华南有广西的柳江人和四川的资阳人等。这些新人化石头骨显示黄种人的特征。在法国发现的新人称为克罗马努人，则具有某些白种人（欧罗巴人种）的特征。

新人的劳动经验和技能有了更大的进步，会制造复杂的石器和骨器，是机智的猎人。它们取火烤煮食物，大大地减轻了用嘴巴撕咬生肉时的用力，因而原来向前突出的嘴巴向后退缩，相反在嘴巴下面出现了向前突出的下巴。山顶洞人的劳动工具有骨针，显示它们能用兽皮之类缝制衣服，比古人的那种简陋衣服应该有了改进。

由于劳动效率提高，新人开始能腾出时间来从事艺术活动。例如，山顶洞人在制作劳动工具之外，开始制造比较美观的装饰品如穿孔的小石珠、挖孔的兽牙、磨孔的海蚶壳和刻纹的鸟骨管等。这些艺术品的制作，需要较高的技术。在欧洲（法国、西班牙、苏联）曾在新人（克罗马努人）居住过的洞壁上发现以动物为题材的壁画。

从新人阶段起，现代各主要人种开始分化出来。例如，上述在我国发现的山顶洞人具有黄种人的特征，是蒙古人种的祖先；在法国发现的克罗马努人具有白种人的特征，是现代欧洲白种人的祖先。

人类文化的发展，经过新人阶段的旧石器时代晚期以后，先后进入新石器时代及金属时代。越到后来发展越为迅猛。从新石器时代的开始到现在至多不过一万年，金属时代的开始到现在不过数千年，人们开始利用电能到现在不过一百多年，原子能的利用则仅是最近几十年的事；而新石器时代以前的发展阶段，则动辄以数十万年到千百万年计。由此可见，人类的发展不是等速度运动，而是类似一种加速度运动，即越到后来前进的速度越是成倍地增加。

阅读思考

为什么寒武纪时期的动物没有骨骼呢？

达尔文生物进化论学说主要是哪四方面？

轻松导读

地球表面发生大规模的冰流现象，有种种不同的意见：有人认为是由于大陆上升，气温下降，积雪扩大，形成相应广泛的冰流或冰盖；也有人认为是太阳辐射热的变化；你知道侏罗纪时期和白垩纪时期的海水温度吗？你知道这两个时期哪个温度较高吗？你知道形成大规模冰盖冰流的必要条件是什么吗？本章将为大家提供答案。

冰川的起源[①]

地球表面之所以发生大规模冰流现象，有种种不同的意见。其中比较重要的有下面几种看法：

（1）由于太阳辐射热减少，以致全球表面平均温度下降；太阳辐射热增加，地球表面温度也就随着变暖。这种太阳辐射热增减的幅度，并不需要很大，就可以产生冰期和温暖或炎热的气候条件。

（2）大陆上升，气温下降，积雪扩大，形成相应广泛的冰

---

① 本文节选自《天文·地质·古生物资料摘要（初稿）》。

流或冰盖。

（3）由于地球轨道的形状、地球自转轴对黄道平面倾斜角的改变和春秋推移现象的影响，地球接受太阳的热的总量和南北两半球接受的热量，也因而改变，以致产生气候的变化，特别是南北两半球的气候差别。

（4）银河系旋转周期变更的影响。

（5）由于大陆漂流运动，在不同的地质时期，各个大陆块对当时两极和赤道的地位，各有不同。每一个时期，各大陆块接近两极的部分，就成为冰盖形成的策源地。

（6）由于大气层组成的条件变化，例如，有时含水蒸气、二氧化碳和微尘、粒子特多，就会在一定程度上妨碍太阳热直达地面。尤其是水蒸气特多的时候，大约有70%由太阳送来的热，反射到空中去了，这样地面的温度就会降低。

还有其他的一些论点。

现在，我们看一看上面提出的几个比较重要的论点，究竟是否与地球长期以来发生了冰川活动的事实相符。

第一，太阳辐射热变化的论点，除了太阳黑子有一定的周期出现，因而轻微地影响地面的气候以外，没有发现任何可靠的理由来说明在地球漫长的历史时期，太阳有周期地或不规律地大量增减它的辐射热。

第二，大陆上升，当然会使大陆上升部分的气候变得更为寒冷。例如，有人认为，中国，特别是中国东部以及西伯利亚太平洋沿岸地区，在第四纪时代，平均高度可能达到海拔2000米。又如，在印度半岛的中部，在石炭二叠纪时代，也是高原或高山地区，以致成为一个冰盖结集的中心，冰流向周围的地区流溢等。从这个论点出发，又向前推进一步，有些人认为，一次强烈的地壳运动，特别是造山运动的时代以后，就会来一次大冰期。这个论点，就某些地区来说，是可以作为进一步探索的基础，但远不能与全部事实对应。

第三，我们知道，地球轴像陀螺轴摇摆的周期那样，有一定的摇摆周期，这个周期是26000年。地球轨道的偏心率变化，是92000年一个周期。地轴对黄道平面的角差，现在是$23°30'$；在$21°30'$—$24°30'$的限度内，一直经历着有周期的改变。这个周期是40000年。这些变化联合起来，就会使地球接受太阳的辐射热量，发生变化，从而使地球表面的温度发生变化。有人使用这些变化数据的组合，画出一条曲线，表示600000年以来（最近又有人把这个曲线延长到1000000年以来）地球上温度的变化。从这条曲线中，他们认为可以看出，有一个长期的凉夏，以致在适当的纬度和高度的地区，冬天的积雪不致溶解而形成永久的冰盖和冰流。又可以从曲线中看出，有几段较长的时期，即间冰期，夏季较热，以致冬季的积雪全部溶解了。这种解说，可以勉强说明第四纪的冰期和间冰期的存在，但对那些更古老的冰期，在时间上的分布，就不相符合。

第四，银河系的旋转，大约2亿年一个周期，这又和三大冰期以及更古老的冰期之间相隔的时间不符。

第五，如若把非洲、澳大利亚和南美向南挪动，靠近南极大陆，可以说明上古生代大冰期中，这些大陆南部都发生了冰期；但如果像有些人所主张的那样，还要把印度的北部从西藏底下抽出来，再把整个印度送到南极大陆附近去，从大陆构造的一般规律来看，是太玄妙了。

第六，大气层中的水气，主要是由于陆地的水分和海水的蒸发而来的，也许可能有一小部分是由太阳发射质子向地球冲击，与大气上层的氧气遭遇而形成的。同时，在80余公里的高空中出现云层，构成这种云层的水分，其来源似乎与普通降雨的云层有所不同。大家知道，水是由氢和氧化合而成的，如若太阳发射质子轰击地球果真是事实，那么这种情况，在地球漫长历史过程中，就不是时不时，而是会继续不断地出现。这样，大冰期就无时间性。那些大气层中的二氧化碳，主要是生物供给的，小部分是由火山喷出来的。有人强调，过去火山爆发，从地球喷出大量的二氧化碳，给了生物滋生的条件，形成了例如石炭二叠纪的煤层。但是，从地质上找不出这种迹象。因此，这个论点是不能成立的。

宇宙微尘粒子存在于天空中，确是事实，在大洋底某些地方的一层极薄红泥中，有一极小组成部分，来自宇宙空间，但它的降落不是时多时少，或具有间歇性的，而是具有经常性的；也很难设想，在冰期时代，由宇宙空间忽然来了大量的宇宙微尘，以致大气层遮断太阳辐射热的作用，发生了巨大的变化。

看来，这些论点，都不能解释冰期的出现。冰期是有时间性，但没有一定的周期。现在看来，冰期究竟是怎样产生的这个问题，还没有得到解决。

有人从海洋方面，获得了海水和气温有关的一些现象；有些人对气温和海水的温度，从古生物方面获得了一些有关的"证据"，这主要是根据孢粉和古代植物的残迹，以及氧16和氧18两种同位素成分对比的鉴定，得出了比较可靠的结论。通过这些方法所获得的结果是：在侏罗纪时代，某种海生碳酸盐介壳中所含的氧同位素的比例，证明在侏罗纪时代，全世界海水的温度是比较温暖的，到了白垩纪时代，平均温度稍低，但还没有降到结冰的程度。这样看来，海水在侏罗纪以来囤积了大量的热，估计至少在最近50000000年的时期是这样。但是，到白垩纪的后期，海水的温度逐渐降低，到了第三纪的时候，还继续下降。在太平洋底采取的有孔虫化石，从阿拉斯加、西伯利亚海底，一直到太平洋赤道附近的若干地点所取得的样品，都同样表示海底温度继续下降的趋势。到第三纪的末期，太平洋海底的温度接近于零度。这时候正是第四纪大冰期将要开始。这些事实，从海洋方面提出了一个新的问题：海水失掉热量，继续冷却，和第四纪大冰期的出现，究竟有无联系？

对这个问题，多数人的意见是肯定的，并且有些人还提出了发展的过程。他们认为，在北极圈的范围以内，由于北冰洋周围四面都是大陆，仅仅在格陵兰和西北欧大陆之间与大西洋相通，在亚洲与美洲大陆之间，白令海峡可能也是向太平洋的通道。北冰洋在这样一个半封锁的情况下，其洋面由于缺乏潮流的循环，它的表面就比较容易结冰。一旦结了冰，冰面对反射太阳热的作用，就必然加强。这样它下面的海水，就形成一股冰流向大西洋和太平洋方面流去，使得大西洋和太平洋北部的海水，也就逐渐变冷。这样下去，在这两个海洋北部邻近的地区，就创造了形成大规模的冰盖、冰流的必要条件：一是温度下降的程度和范围逐步扩大；二是有两个海洋供给充分的水分，使大陆上得到充分的降雪量。

按这样一个发展的过程来说，第四纪的大冰期，在北半球是由冻结了的北冰洋、格陵兰及其他邻近北冰洋、北太平洋、北大西洋地区开始的。这个推断，大体上与事实相符。在南半球，因为有一个南极大陆，四面为大洋所围绕，在那里形成大规模冰流、冰盖的上述两个条件早已存在，因此大冰期在南极大陆的开始，应该更早一些。事实上，在格雷厄姆（南极半岛）早已发现了第三纪初期即始新世的冰碛物。这就更进一步加强了上述对第四纪大冰期发展过程的推断。

这样一个第四纪大冰期发展的过程，是不是无穷无尽继续往前发展？不是的。一个有趣的自然现象就在这里，当冰盖和冰流扩大了它们的范围，必然引起冷而干的气流向外扩散，以致冰前的海域和地区温度继续降低，降雪量减少，由于缺乏给养，冰盖和冰流就不得不后退，就是说，冰盖和冰流的发展，达到一定的程度，就会产生消灭它自己的倾向。自然界有不少的事例，表明由于它自己的发展而归于消灭。因此，上述论点，可以说是符合自然辩证法的。

地球上有许多局部地区，在不同的地质时代，发生过局部冰流泛滥的现象。这些由于局部的地质、地理条件所引起的冰流泛滥现象，与全球性或地球上广大面积，陷入冰天雪地的景象，意义迥然不同，那种局部发生冰盖或冰流的原因，应该从它们发生的地区和时代的古地理、古气候以及当时、当地的地质条件中去寻找，而大冰期的来临，必然影响全球，是地球发展史中不可忽视的一件大事。

本篇撇开了局部冰流泛滥的问题，仅就大冰期的出现，汇集了一些有关的资料和论点，其目的是企图阐明地球作为一个整体，在这一方面——主要是气候方面的经历，与它在其他方面的经历做个对比，以便寻求地球全部的历史发展过程。遗憾的是，在这一方面我们获得的成果，还是很有限的，还有大量的工作，有待于今后的努力。

为了总结经验，删去烦琐，现在把本篇中提出的一些重大问题，归纳为以下几点：

（1）地球存在的漫长历史过程中，反复经过几次大冰期，其中最近的三期，都具有全球性的意义，时期也比较确定。这三期就是第四纪大冰期、晚古生代大冰期和震旦纪大冰期。震旦纪以前，还有过大冰期的反复来临，但时代不大明确，证据有时也不大清楚。

（2）每一次大冰期中，都有冰盖和冰流扩展和收缩或竟消失的现象相间，分为几个亚冰期和间冰期。亚冰期是气候寒冷，降雪较多，冰层积累较厚，冰盖和冰流扩展的时期；而间冰期是气候温暖甚至炎热的时期，在间冰期中，冰盖和冰流收缩，甚至大部分消失。

（3）在三大冰期的时期，都有生物存在。虽然在震旦纪时代，只见有原始藻类繁殖的遗迹，而其后发生的两大冰期时代，都有高级生物继续生存，这就证明冰期时代，地球表面温度下降的幅度，并未大到使生物全部灭亡的程度。

（4）第四纪和震旦纪大冰期都是全球性的。但晚古生代的大冰期，普遍影响了南半球；在北半球，只在印度留有遗迹，而印度，有些人认为是从南半球漂流来的。

（5）最后三大冰期，显示规律性不强的周期性，每两次大冰期之间，相隔约2.5亿—3.5亿年。似乎有一种倾向，越古老的冰期，相隔时间越长。

（6）冰期的起源，看来是由一些非周期性的因素和一些周期性的因素复合起来而决定的。在这一方面，还有待于投入大量探索性的工作，才能做出最后的结论。

阅读思考

侏罗纪时期和白垩纪时期的海水温度，哪个时期温度较高？

形成大规模冰盖冰流的必要条件是什么？

年代地层表

年代地层单位		距今年数 （以百万年为单位）
界（代）	纪（系）	
新生界	第四纪	2.58
	新近纪	23.03
	古近纪	66.0
中生界	白垩纪	～ 145.0
	侏罗纪	201.3 ± 0.2
	三叠纪	252.17 ± 0.06
古生界	二叠纪	298.9 ± 0.15
	石炭纪	358.9 ± 0.4
	泥盆纪	419.2 ± 3.2
	志留纪	443.8 ± 1.5
	奥陶纪	485.4 ± 1.9
	寒武纪	541.0 ± 1.0

学而时习之

恭喜你，又读完了一本书，书中出现了很多地理方面的名词，它们究竟是什么意思呢？让我们一起写下来吧！

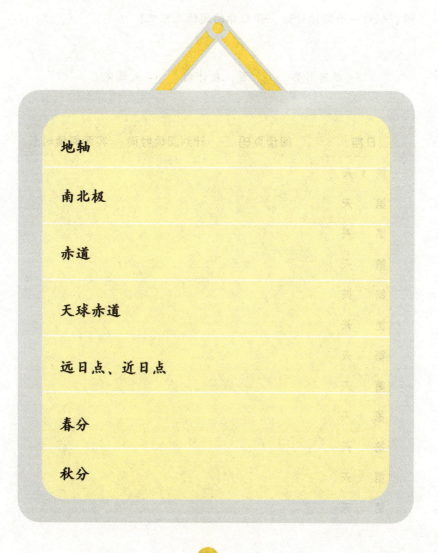

地轴

南北极

赤道

天球赤道

远日点、近日点

春分

秋分

 **阅读计划**

人们都说"闲时无计划，忙时多费力"。事前做好计划是一个非常好的习惯。读书也是如此。请你根据自己的读书时间和读书习惯，制订一个阅读计划，开始你的阅读之旅吧！

本册书共_____页，我计划_____天读完。

日期	阅读页码	计划阅读时间	实际阅读时长
第 1 天			
第　天			
第　天			
第　天			
第　天			
第　天			
第　天			
第　天			
第　天			
第　天			
第　天			
第　天			

阅读笔记